Eva von Kleist

Herrenbesuch

und andere Geschichten

aus den 60er Jahren

Bibliografische Informationen

Text: Eva von Kleist
© 2021

Herstellung und Verlag:
BoD - Books on
Demand, Norderstedt

ISBN: 978-3-7534-7905-7

Das Manuskript, einschließlich all seiner Teile, ist urheberrechtlich geschützt. Jede Verwertung außerhalb der engen Grenzen des Urheberrechts ist ohne Zustimmung der Verfasserin unzulässig und strafbar. Das gilt insbesondere für die Vervielfältigungen, Übersetzungen, Mikrovervielfältigungen und für die Einspeicherung in elektronische Systeme oder für die Verarbeitung in diesen. Copyright ©

Inhalt

Herrenbesuch 8

Bliff mi vonne Köppe weg 15

Das Jahr 1962 –

die Zeit nach Oswald und vor Kolle 22

Religion 37

Hosen 46

Paul 54

Männliche Größe 71

Musikunterricht 78

Wunschkandidat 1 85

Wunschkandidat 2 98

Bildung für Mädchen 107

Vorab:

In elf Geschichten greift Eva von Kleist das Leben in den 60er Jahren auf. In dieser Zeit des beginnenden gesellschaftlichen Umbruchs wurde die unverheiratete Frau noch bis ins hohe Alter häufig als „Fräulein" bezeichnet, die heutige Alleinerziehende als „Sitzengelassene" mit „unehelichem" Kind: Beides waren „Lebensentwürfe", die Eltern für ihre heranwachsenden Töchter dringend vermeiden wollten. Im Allgemeinen jedoch nicht mit der Anti-Baby-Pille, die seit 1962 zu haben war, sondern mit strenger Kontrolle der töchterlichen Aktivitäten.

Die Heldin der Geschichten, ein junges Mädchen, erzählt von diesen elterlichen Umschlingungsbemühungen und von den oft hilflosen Versuchen der Erzählerin, Einfluss auf das eigene Leben zu nehmen.

Die in den Geschichten enthaltenen autobiografischen Aspekte stehen nicht im Vordergrund. Es geht vielmehr darum, die damalige Zeit und das damit verbundene Lebensgefühl lebendig werden zu lassen, ein Rückblick ohne Anklage, mit einem gehörigen Schuss Selbstironie.

Vorab soll das politische und kulturelle Leben der damaligen Zeit am Beispiel einiger Ereignisse des Jahres 1962 schlaglichthaft beleuchtet werden.

Das Jahr 1962

1962 umkreist der US-Astronaut Walter Schirra die Erde, ein Jahr nach dem Russen Juri Gagarin.

Die Kubakrise führt zu einem unübersichtlichen Vorrat an Grundnahrungsmitteln im Haushalt meiner Eltern.

Peter Fechter verblutet an der innerdeutschen Grenze in der Nähe des Checkpoint Charlie.

Franz Josef Strauß tritt als Verteidigungsminister zurück. Gestolpert ist er über das Vorgehen der Bundesanwaltschaft gegen das Magazin „Der Spiegel" wegen angeblichen Landesverrats, das ihm als Einschränkung der Pressefreiheit und als persönliche Rache zur Last gelegt wird. Der Spiegel hatte zuvor kritisch über das damalige Konzept eines atomaren Erstschlags und die entsprechende Rüstungspolitik berichtet.

50000 Menschen setzen mit ihrer Teilnahme an neun Ostermärschen ein Zeichen gegen atomare Bewaffnung und nukleares Wettrüsten.

Norma Jeane Mortensen, auch bekannt als Marilyn Monroe, stirbt, möglicherweise an einer Überdosis Nembutal. Die genauen Umstände ihres Todes können nicht vollständig geklärt werden.

Anfang Januar spielen die Beatles in den Decca Studios vor und werden abgelehnt, da Gitarrengruppen im Showbusiness keine Zukunft hätten. Ab April treten sie mehrfach im Hamburger „Star-Club" auf. Mit „Love me do" entsteht die erste reguläre Studioaufnahme der Beatles.

„Das Halstuch" von Francis Durbridge wird zum Straßenfeger, sogar Nachtschichten in Fabriken müssen ausfallen, weil die Nation vor den Fernsehgeräten sitzt.

Georg Baselitz malt sein Bild „Der nackte Mann", das 1963 wegen Unsittlichkeit von der Staatsanwaltschaft konfisziert werden wird.

Erst fünf Jahre später (1967) wird Oswald Kolle, der „Orpheus des Unterleibs", mit Unterstützung der Gesundheitsministerin Käte Strobel den Aufklärungsfilm „Helga" drehen und damit an Richard Oswalds ersten deutschen Aufklärungsfilm „Es werde Licht" aus dem Jahr 1917 anknüpfen, der von der "Deutschen Gesellschaft zur Bekämpfung der Geschlechtskrankheiten" unterstützt worden war.

Herrenbesuch

„Ein junges Mädchen darf seine Haare auf der Straße nicht offen tragen! Das gehört sich nicht! Da kann das Mädchen gleich mit blanken Brüsten durch die Stadt laufen. Außerdem dürfen junge Mädchen, wenn sie sich auf der Straße schon unbedingt mit jungen Männern zeigen müssen, mit diesen nicht Hand in Hand herumlaufen. Die Leute würden sich sonst nämlich fragen: ‚Was machen die beiden wohl, wenn sie im Wald spazieren gehen?'"

Selbstredend stand – angesichts dieser klaren moralischen Vorgaben meines Vaters – der Besuch junger Männer in der elterlichen Wohnung für uns, zwei Mädchen von 14 und 16 Jahren, nicht zur Debatte. Ich war ohnehin räumlich eingeschränkt, da ich mir das Zimmer mit meiner acht Jahre jüngeren Schwester Liesbeth teilte. Zwei Stockbetten und zwei nebeneinanderstehende wuchtige Kleiderschränke, ein Tisch und zwei Stühle für die Hausaufgaben: Diese raumsparend nüchterne Kinderzimmeratmosphäre hätte ohnehin jeden Annäherungsversuch im Keim erstickt. Meine ältere Schwester Hanna verfügte immerhin über ein eigenes Zimmer mit einem großen Kleiderschrank darin, in dem Mann sich zur Not verstecken konnte oder hätte verstecken können, wie auch immer.

Weder an die moralischen Bedenken meines Vaters noch an die räumliche Unterbringung seiner Töchter wird der 19jährige Peter Z. gedacht haben, als er an einem schönen warmen Julitag des Jahres 1967 meine Schwester Hanna vom Schwimmen nach Hause brachte. Peter Z. arbeitete als Bademeister in einem Iserlohner Freibad und hatte sich von seinen bescheidenen Einkünften ein ebenso bescheidenes gebrauchtes Auto gekauft. Im Gegensatz zu seinem eher unauffälligen Auto war Peter jedoch ein echter „Hingucker": Er war groß, schlank, gebräunt, athletisch und bewegte sich mit lässiger Eleganz. Trotz seiner fast weiblich anmutenden gleichmäßigen Gesichtszüge und seiner halblangen, dunklen, leicht gelockten Haare sah er nicht mehr wie ein großer Junge, sondern bereits wie ein junger Mann aus, ein wirklich durch und durch attraktiver junger Mann, möglicherweise die Ursache dafür, dass das Schwimmbad einen stetigen Zustrom weiblicher Gäste verzeichnete.

Meine Schwester war seinem Charme jedoch nur halbherzig erlegen, denn sie hatte bereits mit ihm gesprochen. Und dabei hatte sie leider feststellen müssen, dass dieser schöne junge Mann eine sehr zarte, piepsige Stimme besaß, die seine männliche Aura ihrer Strahlkraft beraubte. Auch der Inhalt seiner Rede gefiel ihr nicht: „Wenn wir uns häufiger treffen sollten, zieh bitte nicht mehr das blaue Kleid an. Das hat keinen Stil." Doch davon ab, Peter war das, was manche heute als „optischen Knaller" bezeichnen würden, und es wurde ja auch nicht immer gesprochen.

Ausgiebig gesprochen wurde jedoch in der elterlichen Wohnung. Meine Schwester hatte meiner Mutter zuvor mitgeteilt, dass Peter Z. sie aus organisatorischen Gründen nach Hause bringen würde, und die hatte nach einem längeren Blick auf den jungen Mann vorgeschlagen, dass er gerne kurz mal reinkommen könne, auf eine Fanta, als Dankeschön.

Bevor meine Mutter Peter Z. das leise sprudelnde Getränk überreichte, hatte sie bereits die ersten Fragen auf ihn niederprasseln lassen. Dabei war sie ohne Umschweife zum Thema gekommen: „Wie lange besitzen Sie einen Führerschein? Was macht Ihr Vater beruflich? Ist Ihre Mutter auch berufstätig? Haben Sie Geschwister? Welche Ausbildung haben Sie? Planen Sie eine weitere berufliche Ausbildung?" Auf das vertrauliche Du verzichtete sie ganz bewusst.

Peter Z. beantwortete die Fragen wahrheitsgemäß; er schätzte die Situation instinktiv richtig ein: Lügen wäre sinnlos gewesen. Meine Mutter entspannte sich nach seinen ersten Antworten deutlich. Ob es am Inhalt seiner Antworten oder am Klang seiner zarten Stimme gelegen hat, die ihn vom potentiellen Verführer zum harmlosen Knaben degradierte? Was auch immer die Laune meiner

Mutter verbessert haben mag, sie schlug ein gemeinsames Kartenspiel vor. Und kurz darauf saßen wir – meine Mutter, meine Schwester Hanna, Peter Z., meine sechsjährige Schwester Liesbeth und ich – am Esszimmertisch und spielten Mau - Mau, bei Kakao und Plätzchen: Es wurde fast gemütlich – bis plötzlich mein Vater in der Tür stand und die Situation mit einem Blick erfasste.

„Was ist denn hier los?", fragte er überflüssigerweise, mit angespannt heiterer Miene. „Papa, wir spielen Mau - Mau, und der Mann da heißt Peter und hat Hanne vom Schwimmbad nach Hause gebracht", antwortete meine Schwester Liesbeth, der damals der Sinn für atmosphärische Störungen noch fehlte.

„Ach so, guten Abend, Westphal mein Name", erinnerte sich mein Vater an grundlegende Höflichkeitsregeln. Danach bat er ohne viel Federlesens den jungen Mann nach unten in seine Anwaltskanzlei, die im Erdgeschoss des Hauses lag. Er müsse ihm dort seine neuesten Umbaumaßnahmen zeigen.

Peter erhob sich sehr eilig und verließ uns mit kurzem Gruß, um meinem Vater in die Kanzlei zu folgen.

Keine zehn Minuten später erschien unser Vater wieder im Esszimmer, ohne Peter. Seine zuvor heitere Miene war wie weggeblasen. Kurz schwieg er, während sein Gesicht eine rötliche Färbung annahm. Und dann, mit bebenden Nasenflügeln und funkelnden Augen, sprach er – mir bis heute unvergesslich – die Worte: „Das sind ja Zustände hier, wie in Sodom und Gomorrha! Kommen die Freier schon ins Haus."

Für einen Moment herrschte Stille, dichte, angespannte Stille. Dann fing meine kleine Schwester an zu kichern und wurde mit allgemeiner Zustimmung des Raumes verwiesen. Da gab es wirklich nichts zu lachen. Und während meine Schwester Hanna im Folgenden die zweckgerichteten Aspekte ihrer Verbindung zu Peter Z. hervorhob – er habe sie doch nur mal nach Hause gebracht, sonst hätte sie doch so schrecklich lange auf den Bus warten müssen –, verwies meine

Mutter sehr energisch auf die mangelnde Gefahr sittlicher Entgleisungen beim Kartenspielen im Familienkreis. Ich schwieg und wunderte mich. Seit wann benutzte mein Vater Textstellen aus der Bibel?

Im Übrigen ist bis heute unklar, was damals in der Anwaltskanzlei besprochen wurde. Mein Vater hat es uns nicht erzählt, und Peter Z. schien nach diesem Gespräch jedes Interesse an Mitgliedern unserer Familie verloren zu haben.

Bliff mi vonne Köppe weg!

In den stürmischen 60er Jahren geriet so mancher Grundpfeiler der bürgerlichen Ordnung ins Wanken. Die ersten Risse dieser Ordnung hatten sich bereits im Frühjahr des Jahres 1960 gezeigt, genauer gesagt, im Osterurlaub, den unsere Familie wie in jedem Jahr in der Schweiz verbrachte, in der beschaulichen Ortschaft Unterschächen oberhalb von Altdorf. Der „Übeltäter" war in diesem Fall mein Vater, dem das von Berufs wegen, als Anwalt, nun wirklich nicht hätte passieren dürfen.

Vielleicht wäre aber alles gar nicht so gekommen, wenn unsere Tante Klärchen nicht mitgefahren wäre. Die Hinfahrt mit Tante Klärchen im Auto meines Vaters, einem Peugeot 404, hatte sich als recht beschwerlich erwiesen.

So mussten wir stets auf eine korrekte Gewichtsverteilung achten. Unsere extrem übergewichtige Tante Klärchen saß vorne auf dem Beifahrersitz neben meinem Vater. Nach hinten hätte sie schlichtweg nicht gepasst. Wir Kinder, damals sieben und neun Jahre alt und auch zu zweit deutlich leichter als unsere Mutter, saßen hinter unserer Tante, während unsere Mutter hinter dem Fahrersitz Platz genommen hatte.

Deshalb litt sie unter permanenter Übelkeit: Den Sitzplatz auf der Rückbank eines Autos empfand unsere Mutter generell als Zumutung.

Verstärkt wurde ihre missliche Lage zusätzlich durch unsere Fahrstrecke: Wer 1960 von Iserlohn aus mit dem Auto Richtung Altdorf unterwegs war, einer Gemeinde, südlich des Vierwaldstädtersees gelegen, benötigte einen robusten Magen. Vor allem die Strecke am See entlang war extrem kurvig, da der Ausbau der Autobahn noch in den Kinderschuhen steckte.

Außerdem war unsere Mutter im zweiten Monat schwanger, was sich aber erst nach diesem Urlaub herausstellen würde.

Und so wurde die Hinfahrt von allen als wenig komfortabel empfunden. Vor allem wir Kinder langweilten uns, wenn wir immer wieder anhalten mussten, damit unsere Mutter mal durchatmen konnte. Und wenn wir uns langweilten, begannen wir zu streiten, mit schrillen Stimmen und viel Gefuchtel und Gezappel, was für die Erwachsenen wiederum sehr nervtötend war. Nach der Ankunft in unserem Quartier, einer Ferienwohnung mit einem wunderschönen Ausblick auf die Schächentaler Windgällen, verzichteten meine Eltern daher zunächst auf gemeinsame Fahrten mit dem Auto.

Das änderte sich jedoch, als eine Fahrt auf den Klausenpass auf dem Familienprogramm stand. Es sollte eine gemeinsame Fahrt sein, aber wie? Da entwickelte unser Vater eine zwar gesetzeswidrige, aber vielleicht gerade deshalb für uns Kinder besonders schöne Idee:

Unsere Mutter könnte auf dem Beifahrersitz Platz nehmen, den sie ganz nach vorne schieben müsste, Tante Klärchen käme schräg hinter unsere Mutter auf die Mitte der hinteren Sitzbank, das würde schon irgendwie passen, wenn sie die hintere Bank ganz für sich alleine hätte, und wir Kinder dürften im geöffneten Kofferraum des Wagens sitzen. Sämtliche sicherheitsrelevanten oder die Straßenverkehrsordnung betreffenden Überlegungen wischte unser Vater mit einem fröhlichen „Papperlapapp" zur Seite. Er war immerhin Anwalt, was uns Kinder sogleich überzeugte, er musste einfach Recht haben.

Meine Mutter und meine Tante zeigten sich allerdings weniger beeindruckt. Meine Mutter hielt das einfach nur für gefährlich: Kinder im Kofferraum, wo gab's denn so was? Und meine Tante wurde nicht müde zu wiederholen, was ihr verstorbener Gatte stets zu sagen pflegte: „Bliff mi vonne Köppe weg!"

Unser Vater blieb jedoch hartnäckig: An diesem Erlebnis müsste die ganze Familie teilnehmen, gemeinsame Familienerlebnisse wären vor allem für Kinder sehr wichtig. Er würde auch bestimmt nicht schneller als 30 fahren, auf den Straßen wäre gar nichts los, und er hätte in den letzten Jahren in dieser Ecke der Schweiz noch nie einen Polizisten gesehen. Die Polizei wüsste eben, dass sie hier nicht gebraucht würde. Schließlich gaben Mutter und Tante nach.

Und so fuhren wir los. Eine Fahrt, die ich auch noch gut 60 Jahre später als „einfach nur ganz herrlich" in Erinnerung habe. Wir Kinder saßen auf zwei Kissen im Kofferraum mit einer großartigen Aussicht auf die Schweizer Bergwelt und auf die verdutzten Gesichter der uns Überholenden. Wir hatten von unserem Vater zwei strikte Anweisungen erhalten, die wir auch brav befolgten: Wir durften die Beine nicht rausbaumeln lassen. Wenn das rauskäme, dürften wir nie wieder im Kofferraum mitfahren. Und da die Hupe des Autos defekt war, mussten wir vor jeder Kurve, die unser Vater uns stets durch das geöffnete Fenster ankündigte, sehr laut schreien, damit entgegenkommende Fahrzeuge gewarnt würden, eine im Nachhinein unsinnige Anweisung, der wir jedoch mit Hingabe nachkamen. Nach einer wundervollen halben Stunde hatten wir den Pass erreicht und machten Rast auf einem großen Parkplatz, der für Ausflügler vorgesehen war.

Hier fiel ein erster Schatten auf die Autorität meines Vaters, er hatte doch nicht in allem Recht.

Auf dem Klausenpass war zwar tatsächlich nicht viel los, aber die Polizei war anwesend, und zwar in Gestalt eines jüngeren Herrn, der uns sogleich bemerkte und sich mit gemessenen Schritten und ernster Miene in unsere Richtung bewegte. Wir Kinder waren zwar sogleich aus dem Kofferraum gesprungen und hatten Schutz hinter dem Auto gesucht, ahnten jedoch, dass das nicht helfen würde.

Und während wir uns leise flüsternd ausmalten, was geschehen würde, wenn unser Vater womöglich ins Gefängnis käme, wuchtete sich unsere Tante aus dem Auto. Auch drei Jahre nach dem Tod ihres Mannes immer noch von Kopf bis Fuß schwarzgewandet, mit strengem Dutt und leidgeprüfter, etwas starrer Miene bewegte sie sich langsam und schwer auf einen Stock gestützt auf den Ordnungshüter zu.

Der wiederum schien es sich anders überlegt zu haben: Wie zufällig änderte er nach und nach seine Richtung, sein zuvor strenger Blick wich einem nervösen Augenzucken, und nach wenigen Schritten hatte er sein Fahrzeug erreicht und fuhr in gemessenem Tempo davon.

Danach war unsere Tante in unserer Achtung gestiegen: Bei ihren Besuchen polsterten wir den Spezialstuhl, den wir für sie angeschafft hatten, mit einem extra weichen Kissen aus, und wir sprachen häufig davon, wie sie damals auf dem Klausenpass die ganze Familie gerettet hatte.

Der Unfehlbarkeitsmythos meines Vaters, der von meiner Mutter sorgsam gepflegt wurde, hatte jedoch etwas von seinem Glanz verloren. Das mit dem Polizisten hätte er nun wirklich vorher wissen müssen.

Das Jahr 1962 - die Zeit nach Oswald und vor Kolle

1962 hatten die in der Einleitung erwähnten Ereignisse mich nur sehr marginal gestreift: Zum einen besaßen wir keinen Fernseher, zum anderen wurde über Politik nicht gesprochen, und das Thema „Aufklärung" galt in der damaligen Zeit generell als Tabu. Der Aufklärungsfilm „Es werde Licht" von Richard Oswald aus dem Jahre 1917 war unbekannt und die späteren Filme von Oswald Kolle waren unvorstellbar.

Damals ging ich in die vierte Klasse der evangelischen Volksschule in der Waisenhausstraße in Iserlohn. Ich war mit meinen neun Jahren bereits recht hoch aufgeschossen und trug meine blonden Haare streichholzkurz. Dafür sorgte meine Mutter eigenhändig und verhinderte damit in mütterlicher Fürsorge jede Form von Niedlichkeit meinerseits.

Vier Jahre zuvor war meine extreme Kurzsichtigkeit aufgefallen, seitdem trug ich eine Brille, was mir einerseits dumme

Sprüche bescherte – „Mein letzter Wille, `ne Frau mit Brille!" –, mir aber andererseits auch einen größeren Überblick und damit ein gewisses Überlegenheitsgefühl vermittelte.

So hatte ich die Schule meiner Einschätzung nach im Grunde nicht mehr nötig, da ich notwendiges Wissen fürs spätere Leben bereits erworben hatte: Ich beherrschte das große Einmaleins und sämtliche Grundrechenarten, konnte flüssig lesen und überwiegend fehlerfrei schöne Aufsätze schreiben, Gedichte auswendig lernen und aufsagen, ohne zu leiern, war Klassenbeste im Gummitwist, konnte Handstand an der Wand und wusste, dass man zu fremden Männern nicht ins Auto steigt.

Dieses Gefühl der Überlegenheit verließ mich jedoch häufig im Religionsunterricht. Das Lieblingsthema unseres Religionslehrers, die Geschichte von Adam und Eva, nahm ich persönlich, denn ich hieß nun mal Eva, und deshalb drehte sich die erste Reihe, in der die frechen Jungen saßen, gerne grinsend zu mir um, und der Brillenspruch kam zum Einsatz.

Mein diffuses Unbehagen steigerte sich zu puterroter Peinlichkeit, wenn Kain und Abel ins Spiel kamen. Mein Problem war hier nicht der Brudermord, sondern die Tatsache, dass Eva Mutter dieser beiden Knaben geworden war und irgendwie zu ihren Kindern gekommen sein musste, und zwar auf eine mir unbekannte Weise. Damit wollte ich nichts zu tun haben, und deshalb erwähnte ich hin und wieder, dass mein zweiter Vorname Maria sei.

Der ungekrönte Anführer der Quälgeister in der ersten Reihe war Paule Häulig. Paule benötigte noch Hilfslinien beim Schreiben, las nur stockend vor und konnte erst bis 100 rechnen. Er war zwar älter, aber trotzdem kleiner als ich und überspielte seine geringe Körpergröße durch männlich-herbe Ausdünstungen in der Klasse und kräftiges Ausrotzen großer grünlich-grauer Schleimbrocken auf dem Schulhof. Nach der Schule pinkelte er im Allgemeinen an ein niedriges Mäuerchen, das dem Ausgang des Schulhofes gegenüberlag. Paule war der erste Mensch in meinem Leben, dessen körperliche Nähe mir tiefes Unbehagen einflößte und den ich ohne jedes Mitleid wissentlich und gründlich übersah.

Trotz all dieser Widrigkeiten ging ich ganz gerne in die Schule. Zum einen wäre es sowieso nicht zu verhindern gewesen, da meine Mutter die Parallelklasse unterrichtete und so immer auf dem Laufenden war, zum andern verbrachte ich meine Zeit gerne mit meiner Klassenkameradin Karin Rosig, einer Nachbarstochter. Karin war deutlich kleiner als ich und in der Schule sehr still. Wenn unser Klassenlehrer, Herr Meiersdorfer, ihr eine Frage stellte, überzog sich ihr rundes Gesicht mit einem rosafarbenen Schimmer, was ihr den Spitznamen „Röschen" eingebracht hatte. Karin hasste diesen Namen, und da sie ihren Nachnamen als Quelle ihrer Misere ausgemacht hatte, teilte sie diesen nur auf bohrende Nachfragen mit und sprach ihn dann auch ganz undeutlich, nahezu unverständlich aus.

Auf dem gemeinsamen Heimweg jedoch taute Karin jedes Mal auf. Mit frechen Bemerkungen über die großen und oft so roten Ohren von Herrn Meiersdorfer konnte ich ihr leicht ein fröhliches Gekicher entlocken. Zuweilen lachte sie dabei sogar laut, hielt sich aber dann doch schnell die Hand vor den Mund und warf einen kurzen Blick nach hinten, wobei ihre langen, dicken, blonden Zöpfe flogen.

Nur einmal trübte ein Zwischenfall unsere Freundschaft. Karin und ich schwärmten für denselben Jungen, einen sonnengebräunten, dunkelhaarigen, großgewachsenen Knaben mit braunen Augen, der die Parallelklasse besuchte und den wohlklingenden Namen Michael Brandtmeister trug. Dieser Junge wusste nichts von unserer Schwärmerei, die wir nicht nur vor ihm, sondern auch vor der jeweils anderen so geschickt wie möglich zu verbergen suchten.

Eine Schulveranstaltung brachte mein Geheimnis dann doch ans Licht, und zwar folgendermaßen: Meine Mutter hatte Vertretungsunterricht in meiner Klasse und musste sich um ihre eigene Klasse, besagte Parallelklasse, gleichzeitig kümmern, hatte also ca. 60 Viertklässler zu betreuen. Diese Doppelbelastung versüßte sie sich und uns mit einem Polka ähnlichen Hüpfetanz, wohlgemerkt mit Auffordern. Karin wurde sogleich zum Tanz gebeten, ich dagegen „blieb sitzen". Auf der Seite der Jungen saß ebenfalls, allerdings freiwillig und mit etwas gelangweiltem Gesichtsausdruck, Michael Brandtmeister.

Diese Phase der Entspannung wurde ihm jedoch durch meine Mutter verkürzt: „Ja, Michael, willst du denn nicht mit der Eva tanzen?" Michael war ein im Sinne der damaligen Zeit guterzogener Junge, der es sich keinesfalls mit seiner Lehrerin verscherzen wollte, und absolvierte mit mir einen Pflichttanz, den ausdruckslosen Blick mit sichtbar angespannter Kinnmuskulatur starr auf die fleckige Decke des Klassenzimmers gerichtet. Ich ahnte, dass hier irgendetwas nicht stimmte, und hüpfte – zwischen der glücklichen Aufregung über diese unerwartete körperliche Nähe und der Peinlichkeit der Situation hin- und hergerissen – schwankend, beinahe hölzern, auf alle Fälle unkoordiniert über den staubigen Boden. Dabei trat ich dem Angebeteten ein paarmal kräftig auf die Füße; dieser verzog keine Miene, begleitete mich nach dem Tanz höflich zu meinem Stuhl und forderte ein anderes Mädchen auf.

Als Karin mich an diesem Schultag nach Hause begleitete, schien sie mir schweigsamer als sonst. Vor unserer Haustür starrte sie mich kurz mit blitzenden Augen und leicht geröteten Wangen an, und dann brach es aus ihr heraus, laut und sehr hörbar im Umkreis von 20 Metern:

„Du bist in Michael Brandtmeister verliebt!"

Ich war aufgeflogen – und das in aller Öffentlichkeit! Nun, daran ließ sich jetzt nichts mehr ändern, also startete ich durch zum Gegenangriff:

„Nein, **du** bist in Michael Brandtmeister verliebt!" Dabei zog ich energisch an ihren langen, blonden Zöpfen.

Diesen schweren Vorwurf wollte Karin keinesfalls auf sich sitzen lassen, und so zerrte sie, ebenfalls energisch, an meinem Blusenkragen:

„Nein, du!"

„Nein, du!"

Und so tobten die Anschuldigungen hin und her. Dabei zerbrach meine Brille, Karins linker Zopf löste sich, ein Blusenknopf sprang ab. Ebenso blitzartig, wie der Streit begonnen hatte, fand er sein jähes Ende durch das unerwartete Auftauchen einer Klassenkameradin, auf deren neugierige Fragen wir sehr wortkarg antworteten:

„Versehentlich gestoßen und dann hingefallen"; damit musste sie zufrieden sein.

Und auch mein Abschied von Röschen geriet etwas kühl. Mit einem hastig gemurmelten „Wiedersehen, bis dann" verabschiedete ich mich in die Ferien.

Die Ferien verbrachte ich, wie so häufig, auf einem Bauernhof in Sellenrade. Sellenrade, eine Ansammlung von sieben

Häusern, im tiefen Sauerland zwischen Attendorn und Meinerzhagen gelegen, verfügt inzwischen über immerhin zehn Festnetzanschlüsse. Die ehemaligen Höfe sind umgewandelt in Gewerbebetriebe, die gemächlich ihre Dungfladen kreuz und quer auf den Wiesen verteilenden Kühe ersetzt durch sehr gleichmäßig angeordnete Tannen, Weihnachtsgeschäft eben.

Damals, Anfang der 60er Jahre, war davon jedoch noch keine Rede. Für mich war dieser Ort der schönste, den es auf der Welt gab, und am schönsten war der Bauernhof von Tante Else und Onkel Willi. Von der Hofseite kommend betrat man diesen Eindachhof – Tiere und Menschen wohnten unter einem Dach – durch einen großen Stall, in dem Kühe, Schweine und Hühner gemeinsam untergebracht waren, in jeweils dafür vorgesehenen Bereichen. Diese verströmten eine unbeschreibliche, intensive Geruchsmischung, die mir jedes Mal warm und würzig in die Nase stieg. Ende Juni roch es am besten, denn dann war das frische Heu oben auf dem Boden eingelagert worden, zu kleinen rechteckig geformten Ballen zusammengepresst, da die Besitzer inzwischen einen Hanomag mit stolzen 24 Pferdestärken besaßen. Damit konnten sie einen Balkenmäher, einen Heuwender und eine Ballenpresse bedienen. All das war vier Jahre zuvor noch von Hand geschehen und hatte eine große Anzahl helfender Hände erfordert. Diese waren nun nicht mehr nötig, und somit gab es auch nur noch einen Helfer, der Kalle oder auch Knecht genannt wurde. Letzteres allerdings nur in seiner Abwesenheit.

An den Stall schloss sich die Futterküche an, die man durchqueren musste, um in das Zentrum der Familie zu gelangen, eine geräumige Wohnküche, mit einem alten Küchenherd bestückt, der mit Holz befeuert wurde und auf dem Tante Else sämtliche Speisen herstellte, köstlichen Grießbrei beispielsweise oder Wackelpudding mit Waldmeistergeschmack, ein Fest.

Mit inzwischen neun Jahren war ich zwar immer noch dem Zauber des Landlebens erlegen, klebte aber dank besagter

Brille nicht mehr nur am Detail, sondern konnte den Blick auch in die Ferne schweifen lassen. So war ich immer noch davon gefesselt, wie die größte braune Kuh, kurz die Braun genannt, ihre Zunge fast rhythmisch mal ins linke, mal ins rechte Nasenloch gleiten ließ, konnte inzwischen aber auch erkennen, was sich auf dem Hof des Nachbarn so tat.

Und dort tat sich so einiges, da der Nachbar Schulze seit drei Monaten über einen Bullen verfügte, welcher häufig zum Decken herangezogen wurde. Dabei ließ der jeweilige Besitzer der zu besamenden Kuh diese zunächst mit mäßigem Tempo auf Schulzes Wiese an einer Longe im Kreis herumlaufen. Danach gesellte sich Schulze mit seinem Bullen hinzu. Beide folgten der Kuh, bis der Bulle schließlich auf ihr Hinterteil sprang und dort einen Moment verharrte. Dieser Vorgang wurde zwei- bis dreimal wiederholt.

Ich bestaunte das Schauspiel aus einer Entfernung von ca. 20 Metern, also mit gebührendem Abstand, und wusste mit all dem zunächst nichts anzufangen. Und während ich nachdenklich in einen bereits etwas schrumpeligen Cox Orange aus dem letzten Jahr biss, kamen mir die Beobachtungen des vorhergehenden Abends wieder in den Sinn.

Ich hatte nämlich Kalle, der sein wöchentliches Bad nicht im Badezimmer der Familie, sondern in einer Zinkbadewanne in der Futterküche nahm, durchs Schlüsselloch bei eben diesem Bade beobachtet. Und richtig, als Kalle aus der Badewanne gestiegen war, da hatte doch bei ihm was gebammelt, genauso wie bei Schulzes Bullen.

Und da fiel es mir wie Schuppen von den Augen, und mir wurde klar, wie Eva zu Kain und Abel gekommen war. Ich wusste somit Bescheid, dachte jedoch in den folgenden herrlichen Ferientagen nicht mehr weiter darüber nach.

Direkt am ersten Schultag nach den Ferien kam es mir wieder in den Sinn. Auf dem Heimweg, in fröhliches Geplapper mit Karin Rosig vertieft, sah ich, wie Paule Häulig mal wieder an das Mäuerchen neben dem Schulhof pinkelte, und sogleich musste ich Karin von meiner Entdeckung berichten:

„Du, hör mal", unterbrach ich Karin, die soeben von dem neuen Auto ihres Vaters schwärmen wollte, „ich weiß jetzt, wie man Menschen macht!" Karin brachte nur ein mühsames „Ach" hervor, verfärbte sich und verstummte. „Das ist ganz einfach", verkündete ich nun, „Popo an Popo!" Genauer vermochte ich es nicht mitzuteilen, genauer wollte Karin es allerdings auch nicht wissen, ganz im Gegenteil: Ohne weiteres Interesse an der Herstellung von Menschen strebte sie sehr einsilbig und eilig der elterlichen Wohnung zu.

Als ich zuhause ankam, hatte Frau Rosig bereits mit meiner Mutter telefoniert. Diese ließ sich die ganze Geschichte von mir detailliert schildern, wobei sie nur mühsam ernst bleiben konnte. Darüber würde man zu gegebener Zeit noch genauer sprechen, meinte sie dann und riet mir aber, die Frage, wie man Menschen macht, in der Klasse nicht weiter zu vertiefen.

Das war auch nicht nötig, denn am nächsten Tag wusste es bereits die ganze Schule. Die Mädchen in meiner Klasse sprachen nicht mehr mit mir, tuschelnde Grüppchen bildeten sich auf dem Schulhof, kurze Blicke streiften mich, Gespräche verstummten, wenn ich mich näherte, es wurde zunehmend ungemütlich.

Nach der letzten Stunde dieses Schultages war Karin verschwunden, ich musste also den Heimweg alleine antreten. Leichter gesagt als getan! Es hatte sich nämlich ein Großteil der Klasse am Ausgang des Schulhofs zusammengerottet und wartete dort auf mich, eindeutig nicht mit den besten Absichten. Das Angebot meines Klassenlehrers, den Schulhof mit ihm gemeinsam zu verlassen, lehnte ich dankend ab.

Und so kam es dann zur unvermeidlichen Auseinandersetzung: Mit Beschimpfungen, Knuffen und Schubsern teilte mir die Klasse 4b mit, was sie von meinen Aufklärungsbemühungen hielt. Ich wehrte mich, indem ich meinen linken Schuh, der mir ohnehin im Getümmel vom Fuß geflogen war, in beide Hände nahm und mich dann mit gestreckten Armen so schnell wie möglich um die eigene Achse drehte. Das verschaffte mir Luft, konnte meine Position jedoch nur kurzfristig verbessern.

Ich musste schließlich der Übermacht weichen, wobei ich besagten Schuh zum zweiten Mal verlor. Eine Klassenkameradin trug ihn mir nach, vergeblich. Das hätte mir zu sehr nach Versöhnung gerochen, und so humpelte ich nach Hause, ohne mich nach der Mitschülerin umzudrehen, tief in Gedanken versunken: Irgendwas war schiefgelaufen, aber was?

Religion

Religion spielte in unserer Familie eine eher untergeordnete Rolle. Wir alle waren evangelisch getauft, gingen an den hohen Feiertagen und manchmal auch sonntags in die sogenannte Bauernkirche, beteten vor den Mahlzeiten, wenn besonders frommer Besuch da war, und am Heiligen Abend, vor der Bescherung, spielte meine Mutter mit uns Kindern „Stille Nacht, heilige Nacht" und „Es ist ein Ros' entsprungen" auf der Blockflöte. Danach sangen wir die obligatorischen drei Weihnachtslieder, bevor wir uns auf die liebevoll eingepackten Geschenke stürzen durften, die zwischen dem prächtig geschmückten Weihnachtsbaum und der Krippe platziert waren. Darüber hinaus wurde in der Familie über Religion wenig gesprochen.

Das änderte sich, als ich zehn Jahre alt war, also im Jahr 1963. Wir verbrachten den gemeinsamen Sommerurlaub mit einer befreundeten Familie im Maderanertal in der Schweiz, wo wir ein herrliches Ferienhaus gemietet hatten.

In dem großen Holzhaus gab es zwar kein fließendes Wasser und nur ein Plumpsklo mit Furcht einflößenden Abgründen. Die gemütliche Küche machte jedoch alles mehr als wett. Mit dem riesigen alten, mit Holz zu befeuernden Küchenherd verkörperte sie für mich Abenteuer und Geborgenheit zugleich.

Das Haus, nur durch einen Schotterweg zu erreichen, lag abseits, oberhalb der Ortschaft Bristen auf einer Lichtung in einer kleinen Ansiedlung namens Balmenschachen, und somit waren wir Kinder der städtischen Enge entronnen. Herrlich!

Tagsüber verbrachten wir die Zeit mit allerlei abenteuerlichen Spielen. Abends sanken wir jedoch nicht ermattet in die Federn.

Nein, als hätte die Höhenluft unsere Gedanken beflügelt, führten wir wilde Diskussionen. Wir, das waren Marlene, die Tochter des befreundeten Ehepaares, und ich, beide im gleichen Alter, und die Diskussionen kreisten um religiöse Fragen. Marlene und ihre Eltern waren nämlich streng katholisch.

In unseren hitzigen Debatten, die wir abends im gemeinsamen Kinderschlafzimmer ausfochten – meine ältere Schwester Hanna hatte inzwischen um ein Einzelzimmer gebeten – ging es meistens um den Papst und seine besondere Rolle in der katholischen Kirche: Der Papst könnte sich einfach niemals irren und alle gläubigen Katholiken müssten ihm gehorchen, weil er der Stellvertreter Gottes sei. Diese von Marlene mit Heftigkeit vorgetragenen Behauptungen lösten bei mir großes Unbehagen aus.

Dabei war mir der im Juni 1963 verstorbene Papst, Johannes XXIII., eigentlich ganz sympathisch: Er hatte sich als eines von zwölf Kindern so durchgeschlagen, hatte später viele Menschen gerettet (jüdische Flüchtlinge) und kannte den Wert der Notlüge. Vor allem Letzteres ließ mich aufhorchen, denn auch ich hielt Notlügen hin und wieder für unausweichlich. Außerdem wurde er wegen seiner Bescheidenheit auch „der gute Papst" genannt. All das und noch viel mehr hatte ich inzwischen von Marlene erfahren. Marlene glühte für diesen Papst, der dringend heiliggesprochen werden müsse, und zwar bald. An ihrem Bett hing sogar ein Wimpel mit dem päpstlichen Wappen.

Jedoch gefiel mir immer weniger, wie Marlene von dem Kirchenoberhaupt erzählte. Wenn sie von ihrem Johannes schwärmte, saß sie, klein und schmächtig, wie sie mit ihren zehn Jahren nun mal war, meistens aufrecht im Bett, im Schneidersitz. Ihre dunklen Augen nahmen dann den stechenden Blick ihres Vaters an und bildeten einen scharfen Kontrast zu ihrer auch im Sommer hellen Haut. Das schmale Oval ihres Gesichts, umrahmt von dünnen, dunklen Strähnen, schaukelte zuweilen heftig auf ihrem zarten, langen Hals, eine Bewegung, die sich mit zunehmender Aufregung in ein gefährliches Schlingern verwandelte. Dabei glich ihre spitze Nase dem Schnabel eines Kolibris, und ihre schmalen, blutleeren Lippen öffneten und schlossen sich in einem fort. Ihre Sätze begannen fast immer mit: „Vater hat gesagt, dass ..." und endeten meistens mit: „... und deshalb wird jede gute Christin den Anordnungen von Johannes bedingungslos Folge leisten." Die „gute Christin" unterstrich sie stets mit einem zwingenden Blick in meine Augen und mehrfachem Kopfnicken.

Dem hatte ich inhaltlich wenig entgegenzusetzen, denn ich kannte mich in religiösen Fragen kaum aus. Mein Hinweis, dass ich evangelisch getauft sei, nützte wenig. Marlene maß dieser Nebensächlichkeit keine Bedeutung zu. Es ginge doch hier um die viel wichtigere Frage, ob ich eine „gute" oder eine „schlechte" Christin sei.

Einige Abende lang ertrug ich diese religiöse Unterweisung und versuchte nur ganz behutsam einen Themenwechsel: Ob sie die Winnetou-Bände von Karl May kennen würde? Wer ihr besser gefiele, Winnetou oder Old Shatterhand, und ob ihre Eltern dann auch mit ihr ins Kino gehen würden, wenn Winnetou als Film rauskäm?

Diese Bemühungen stellten sich jedoch als zwecklos heraus: Weder Winnetou noch Old Shatterhand konnten den Papst vom Stuhle stoßen, Marlene war in ihrem religiösen Eifer nicht zu bremsen. Am dritten Abend riss mein Geduldsfaden, und ich lenkte unser Gespräch auf die Schule.

Wie das denn möglich sei, dass Marlene nach den Sommerferien nur auf die Mittelschule gehen sollte? Das könnte ich mir nicht erklären. In Religion hätte sie doch bestimmt eine Eins. Und in Deutsch müsste sie doch auch gut sein, so, wie sie erzählen könnte. Ich würde jedenfalls demnächst auf die Oberschule gehen. Ich hätte auch die Prüfung problemlos bestanden, und in dem Diktat hätte ich null Fehler gehabt. Was sie denn für ein Zeugnis hätte?

Damit hatte ich mein Ziel erreicht: Marlene schwieg und klagte nach einer Weile über Bauchschmerzen. Am nächsten Tag tauschte Marlene das Zimmer mit meiner älteren Schwester. Die restlichen Ferientage verliefen ohne weitere theologische Diskussionen, es wurde im Ganzen kühler.

Nach dem Urlaub beschloss ich, meine Lücken im religiösen Bereich zu füllen. Ich rechnete zwar nicht mehr mit gemeinsamen Urlaubsfahrten mit Marlene und ihren Eltern – alle drei hatten sich zum Ende des Urlaubs eher schweigsam gegeben –, aber meine Neugier war geweckt. Also besuchte ich fortan eifrig den sonntäglichen Gottesdienst, zunächst in Begleitung meiner Mutter. Diese erklärte jedoch nach einer Weile, der regelmäßige Kirchgang sei zwar wichtig, sie habe jedoch drei Kinder, einen Beruf und einen Haushalt. Und so besuchte ich den Gottesdienst schließlich in Begleitung einer Nachbarin, manchmal ging ich auch alleine.

Ich fühlte mich sehr wohl in der Kirche, die an heißen Sommertagen eine angenehme Kühle spendete. Ich konnte dort in aller Ruhe mit anderen zusammensitzen, ohne dass alle durcheinanderredeten oder irgendjemand mich ärgern wollte. Vor allem mochte ich den Pfarrer, einen

Mann mittleren Alters mit einem freundlichen Gesicht und hellen, leicht gelockten Haaren, der mit einer warmen, volltönenden Stimme von Jesus erzählte. Allerdings war es nicht leicht, mit ihm ins Gespräch zu kommen. Wenn er zum Beispiel fragte: „Was will uns Jesus damit sagen?", – diese Frage stellte er meistens am Ende seiner Geschichten – ließ er mich niemals zu Wort kommen, obwohl ich mich regelmäßig meldete.

Trotz allem, diese kirchlichen Stunden hatten es mir angetan, und so überraschte ich meine Eltern eines Tages damit, dass ich wohl gerne heilig werden wollte. Meine Eltern schwiegen zunächst, meinem Vater fiel plötzlich ein wichtiger Termin mit einem Mandanten ein. Meine Mutter setzte sich zu mir aufs Sofa, strich mir über die Haare und meinte: „Evchen, du weißt schon, dass du dann erst katholisch werden musst, so wie die Marlene und ihre Eltern. In der evangelischen Kirche gibt es keine Heiligen."

Ich war enttäuscht. Die Aussicht auf einen Wechsel ins Lager der Katholiken, zu Marlene und ihren Eltern, schien mir wenig verlockend. Im weiteren Verlauf des Gesprächs erklärte meine Mutter mir, dass ich diesen Wechsel erst mit 14 Jahren vollziehen könne. Dann fiele natürlich auch die Konfirmation flach.

Vor allem Letzteres ließ mich ins Grübeln geraten. Ich wusste von einer älteren Kusine, dass ihre Verwandten ihr am Tag ihrer Konfirmation so viel Geld geschenkt hatten, dass sie sich einen Plattenspieler und ein Tonbandgerät hatte kaufen können.

Das mit dem Heilig-Werden wollte ich mir dann doch noch einmal genau überlegen.

Hosen

1966 war das Jahr der Schlaghosen, auch in Iserlohn. Die Hosen aus großkariertem oder geblümtem Stoff setzten an der Hüfte an und liefen nach unten in weitem Schlag aus. Egal, was man über diese Hosen sagen mochte, sie sicherten ihrem Träger bzw. ihrer Trägerin die allgemeine Aufmerksamkeit, auf jeden Fall in einer Stadt wie Iserlohn. Während heutzutage selbst mit viel Blech im Gesicht, Riesenlöchern in den Ohren und unterwäschenähnlicher Bekleidung nur ein gelangweilter Seitenblick einzelner Passanten zu erzielen ist, drohte im Jahr 1966 der ein oder andere Autofahrer die Kontrolle über sein Fahrzeug zu verlieren, beim Anblick einer solchen Schlaghose, ganz zu schweigen von den in der Baubranche Beschäftigten, die auf dem dritten Stock eines Gerüsts um ihr inneres und äußeres Gleichgewicht kämpften.

Allerdings waren diese Aufreger in Iserlohn nicht käuflich zu erwerben, man musste sie nähen lassen. Und da seriöse

Schneidereien derlei „Gammlerzeugs" nicht herstellten, wandten sich die Kunden, im Allgemeinen junge Männer, die in Beatbands mit klingenden Namen wie „die Outlaws" spielten, an mich, denn ich nähte diese Hosen. Nur nebenberuflich, versteht sich, denn hauptberuflich besuchte ich die achte Klasse des Mädchengymnasiums „An der Stenner" in Iserlohn. Ich war gerade 14 geworden, hatte die akute entstellende Aknephase zu 80 % überstanden und konnte mit der Tretnähmaschine meiner Mutter umgehen.

In Sachen Mode orientierte ich mich an meiner zwei Jahre älteren Schwester Hanna, die mithilfe der Bravo und des ihr eigenen untrüglichen Instinkts genau wusste, was junge Menschen auf dem Leibe tragen sollten, nicht nur in London, auch in Iserlohn. Und obwohl wir in Fragen der musikalischen Orientierung unterschiedlichen Leitsternen zujubelten – sie vergötterte Mick Jagger von den Stones, ich betete Paul McCartney von den Beatles an –, vertraute ich ihr in allen modischen Fragen bedingungslos. Als Ergebnis meiner schneiderhandwerklichen Grundkenntnisse und ihres modischen Riechers trugen wir oben erwähnte Schlaghosen, entweder großkariert oder geblümt.

Und so gerieten wir zu unserer Freude in die Rolle der modischen Avantgarde in Iserlohn, waren diejenigen, die etwas wagten – modisch! – und waren somit stolz auf uns.

Unsere Eltern teilten diese Einstellung nur halbherzig: Einerseits freute sich meine Mutter über kreative Tätigkeiten ihrer Töchter, andererseits hätte sie sich mehr optische Zurückhaltung gewünscht, wusste jedoch, dass Verbotenes reizt. Überdies war sie der Meinung, dass diese Hosen uns eher unattraktiv machten und damit sicherer. Unser Vater hielt uns Vorträge mit der Botschaft, dass vornehme Engländer – sie stellten für ihn die Krone der „abendländischen Kultur" dar – sich edel und unauffällig kleideten. Bekleidung dürfte niemals im Mittelpunkt stehen. Junge Mädchen, die sich auffällig anzögen, wären Dienstmädchen oder „Kötten".

Die aufstrebenden jungen Barden der Iserlohner Musikszene nahmen unsere Hosen jedoch mit Interesse zur Kenntnis, getrieben von der Vorstellung, dass sie ihren Idolen aus London und Liverpool mithilfe dieser Beinbekleidung ein bisschen ähnlicher würden. Und so wandten sie sich an meine Schwester Hanna, um zu erfahren, wo solche Hosen zu beziehen seien. Damit kam das Geschäft ins Rollen, desgleichen das Schwungrad der Adler-Nähmaschine meiner Mutter.

Das Ganze verlief im Allgemeinen folgendermaßen: Die an den Schlaghosen interessierten jungen Männer gaben meiner Schwester Hanna eine ihrer Hosen, die ich als Vorlage bzw. Modell für die neue Hose benutzte. Auch den passenden Stoff hatten sie bereits eingekauft, nicht selten begleitet von klugen Ratschlägen meiner älteren Schwester.

Anhand der Vorlage schnitt ich den Stoff zurecht, wobei ich ein sehr einfaches Vorgehen favorisierte: Ich faltete den Stoff so, dass vier gleichgroße Bahnen aufeinander lagen. Dann legte ich die Modellhose „auf die Seite" und platzierte sie zentral auf den Stoffbahnen. Nun schnitt ich großzügig um das Modell herum, so dass an jeder Seite mindestens drei Zentimeter überstanden, als Nahtzugabe. So gut, so schnell, so einfach. Danach jedoch wurde es schwieriger: Der Schritt musste aus den Innenseiten der Hose ausgeschnitten werden, auch mit entsprechender Nahtzugabe.

Und hier zeigte sich der Nachteil der Modellhose: Aus diesen Hosen den Schritt auf den Stoff zu übertragen, war nicht ganz einfach, gelang aber trotzdem fast immer. Im Anschluss wurden die Bahnen aneinandergenäht, die Hose wurde oben und unten besäumt. Etwas Fummelei gab es hin und wieder beim Einnähen des Reißverschlusses und beim Anbringen der Gürtelschlaufen. Letztere waren unverzichtbar, da ein sicherer Halt durch einen Gürtel schon mal notwendig sein konnte; nicht immer saß alles perfekt.

Trotzdem: Für diese schlichten Modelle ohne Bund und Taschen zahlten die jungen Musiker ohne Murren 30 DM pro Hose – wohlgemerkt, nur für die Arbeit. 1966 ein wahrlich bemerkenswerter Verdienst für zweieinhalb bis drei Stunden!

Die Aufträge häuften sich; ich verfügte allmählich über gewisse finanzielle Rücklagen und dachte darüber nach, ein Sparbuch anzulegen, als das Unglück seinen Lauf nahm.

Ich hatte soeben gemeinsam mit Dietmar S., einem jungen Mann aus dem Dunstkreis der HIM, einer Iserlohner Band, einen ins Auge springenden Blümchenstoff bei B&U gekauft, schwarzgrundig, mit rosafarbenen Blüten und grünen Blättern. Ich wollte mich gerade ans Werk machen, als meine Mutter ins Nähzimmer stürzte und mit erhobener Stimme die Herausgabe des Stoffs verlangte. Eh ich mich's recht versah, hatte sie bereits die Einkaufstüte mit dem Hosenstoff gepackt und das Zimmer verlassen; ich hörte ihre eiligen Schritte auf der Treppe, danach fiel die Kellertür ins Schloss, und kurz darauf, etwas leiser, vernahm ich das quietschende Geräusch der Klappe der Zentralheizung, die damals noch mit Koks betrieben wurde. Meine Mutter hatte den schönen und überdies recht teuren Blümchenstoff in die Heizung geworfen! Ich war fassungslos.

Die Begründung meiner Eltern war so fadenscheinig – das schicke sich nicht oder ähnliches –, dass ich mich an Details des Wortlauts kaum noch erinnern kann, nur an ihre Entschlossenheit, mit der sie verkündeten, dass ich keine weiteren Hosen mehr für junge Männer nähen dürfte.

Erst nach einer Weile erfuhren wir über verschlungene Kanäle, wie es zu diesem Verbot gekommen war. Mein Onkel, ein in Iserlohn ansässiger Konditormeister, hatte nämlich von meinem „Hosengeschäft" erfahren, und zwar von einem seiner Lehrlinge. Und so drang die Kunde von meiner einträglichen Tätigkeit an meinen Vater, der gemeinsam mit seinem Bruder die Situation des individuellen Maßnehmens als Quelle sittlichen Verderbens seiner Tochter ausmachte. Dem war unmissverständlich ein Riegel vorzuschieben!

Und das ließen sich meine Eltern gerne die 50 DM kosten, die meine Mutter an Dietmar S. für den Blümchenstoff zurückzahlen musste.

Paul

Im Sommer des Jahres 1965, kurz bevor ich 13 wurde, erschien ein neuer Himmelskörper in meiner Welt. Und so, wie die Erde um die Sonne kreist, so kreiste ich fortan um meinen neuen Stern, genauer gesagt, um vier Sterne, von denen einer besonders hell leuchtete.
Es war Liebe auf den ersten Ton gewesen. Diesen ersten Ton hatte ich im Plattengeschäft Muck in Iserlohn vernommen. Der Verkäufer hatte mir ein Paar dicke Kopfhörer gereicht und dann die Single „Love me do" aufgelegt. Das auf die Klänge der Mundharmonika folgende Duett von John Lennon und Paul McCartney eroberte mich im Sturm, es durchfuhr mich bis in die Haarspitzen, ich stand unter Strom, ein mir bis zu diesem Zeitpunkt unbekannter Zustand. Das war richtig gut! Ich erwarb meine erste Beatles-Single sogleich für 4,95 DM und hörte sie zuhause immer wieder, auf dem Plattenspieler meiner älteren Schwester Hanna, was diese auch eine Weile tolerierte.

Vor allem Paul McCartney hatte es mir angetan. Mit einem einzigen Augenaufschlag entthronte er sowohl Pierre Brice, die Reinkarnation des edlen Apachenhäuptlings Winnetou, als auch seinen Freund Old Shatterhand, dargestellt von Lex Barker. Zwischen diesen beiden starken, schönen und klugen Helden hatte ich mich ohnehin nie so recht entscheiden können. Bei Paul sah die Sache jedoch anders aus, zu ihm gab es keine Alternative. Den oder keinen! Das hatte ich mir geschworen.

Und fortan veränderte sich mein Leben: Von jenem Zeitpunkt an gab ich zweimal wöchentlich Nachhilfe in Deutsch, um mir jede neue Platte der Beatles, egal, ob Single oder Langspielplatte, kaufen zu können. Ich las regelmäßig die „Bravo", um auf dem Laufenden zu sein, ging ins Ballett, um berühmt zu werden – anders hätte ich doch bei Paul keine Chance –, ließ mir die Haare wachsen, um irgendwie älter auszusehen. Und meine Mutter erwarb auf Drängen meiner Schwester Hanna eine Stereoanlage mit einem Dual-

Plattenspieler für das Wohnzimmer, damit ich dort meinen geliebten Beatles lauschen und meine Schwester Hanna wieder ihre Rolling Stones hören konnte.

Mein Vater nahm diese Neuerungen missbilligend zur Kenntnis: Er sprach von Negermusik, Verweichlichung des männlichen Geschlechts und Gammlertum. Beim Anblick des Covers der „Bravo" mit einem großen Portrait des kurzsichtig in die Kamera lächelnden John Lennon, der damals aus Gründen der Publicity seine Sehschwäche verheimlichte und keine Brille trug, wurde mein Vater richtig fuchtig.

Das sei ein Schundheft für Menschen mit minderer Intelligenz, das könnte man hier ganz klar erkennen. Der junge Mann auf dem Foto hätte nicht nur eine schreckliche Frisur, sondern auch ganz bestimmt keine abgeschlossene Schulausbildung, so wie der mühsam unter seinem Pony hervorgucken würde. Der könnte doch unmöglich ein Vorbild für uns sein. Wir sollten unser Taschengeld nicht für solchen Unsinn ausgeben. Nach dieser Standpauke las ich die „Bravo" nur noch heimlich und versteckte sie im Anschluss zwischen meinen Schulheften.

Nach einer Weile gewöhnten sich meine Eltern jedoch an die neuen Götter ihrer Töchter und maßen ihnen zunehmend weniger Bedeutung bei. Vor allem meine Mutter betonte immer wieder, dass junge Menschen manchmal solche Phasen durchlaufen würden, das würde sich irgendwann auch wieder legen. Außerdem wären einige der Songs von den Beatles gar nicht so schlecht. Die könnte sie sich wohl mal anhören, bloß nicht fünfmal hintereinander.

Gegen meine allwöchentlichen Ballettstunden gab es seitens meiner Eltern keine Einwände, ganz im Gegenteil: Meine Mutter half mir beim Maßnehmen für die Spitzenschuhe, die genau entsprechend der eingeschickten Vorlagen angefertigt wurden und die mit 50 Mark damals recht teuer waren. Vielleicht hoffte sie, dass ich in Sport meine Note verbessern könnte, was mir übrigens auch gelang: Ich kam von einer Vier auf eine Drei. Ich übte jeden Abend verbissen für den Spagat und für eine Biegung des Beines nach hinten. Der Fuß musste – mit Hilfe – im Bogen bis an den Kopf geführt werden können.

Das klappte auch nach und nach; anderes machte mir jedoch Kopfzerbrechen. Mein Körper veränderte sich, zum Nachteil, wie ich fand. Die Proportionen meiner Beine schienen sich zu verschieben. Das, was ich an den Oberschenkeln an Umfang verlor, nahm ich an den Waden wieder zu. Ich kam ins Grübeln: Wenn sich meine Beine durch das Ballett weiterhin verändern würden und wenn das mit der Karriere als Primaballerina und das mit Paul vielleicht doch nichts würde, hätte ich später möglicherweise auch bei anderen jungen Männern schlechte Karten.

Das dämpfte meine Begeisterung für diese Sportart. Und als ich an einer wichtigen Aufführung unserer Ballettgruppe nicht teilnehmen konnte, weil ich mit Grippe im Bett lag, landeten die Spitzenschuhe nach recht kurzem Gebrauch in einem blassrosa Schuhkarton ganz hinten im Kleiderschrank, und sowohl die Form meiner Beine als auch die Sportnote änderten sich wieder.

Auch das mit den Haaren klappte nicht so, wie ich geplant hatte. Sie waren zwar sehr glatt und entsprachen damit den modischen Anforderungen, und zwar nicht nur, weil ich sie bügelte, sondern weil sie eben von Natur aus vollkommen glatt und ohne jede kleinste Welle oder gar Locke herabhingen. Ihr Wachstum und ihre Fülle entsprachen jedoch nicht meinen Erwartungen. Leider entwickelte sich keine Haarpracht bis zur Taille. Nein, meine Haare schienen meinen Eifer nicht zu teilen, gelangweilt erreichten sie die Schultern, wuchsen noch ein wenig weiter, vielleicht 15 bis maximal 20 cm, um dann auszufransen und ihr Wachstum ganz einzustellen. Ich war enttäuscht, konnte daran jedoch nichts ändern. Glücklicherweise gab es noch keine Extensions – wer weiß, wozu ich mich hätte hinreißen lassen? Und eine Perücke kam nicht in Frage, so etwas trugen nur ältere Damen mit durchschimmernder Kopfhaut.

So verstrich die Zeit, und allmählich reifte in mir die Erkenntnis, dass ich mit meinen Bemühungen auf der Stelle trat. Ich machte mir auch Gedanken über den Altersunterschied zwischen meinem Angebeteten und mir. Paul war immerhin zehn Jahre älter als ich. Ob das gutgehen könnte? Mein Vater war nur vier Jahre älter als meine Mutter. Bei einem befreundeten Ehepaar sah es ähnlich aus.

Als ich meine Mutter danach fragte, ob in einer glücklichen Ehe Männer etwas älter als Frauen sein sollten, stimmte sie zu. Das sei schon ganz in Ordnung. Männer seien nämlich Spätentwickler. Allerdings sollte der Altersunterschied nicht zu groß sein. Deutlich ältere Männer hätten womöglich andere Interessen als ihre jüngere Frau. Außerdem bekämen sie schneller Wehwehchen und würden einem dann mit ihrer Leidensmiene auf die Nerven gehen. Ich dürfte auch nicht vergessen, dass Männer eine geringere Lebenserwartung hätten als Frauen. Und 60jährige Witwen hätten auf dem Heiratsmarkt keine Chancen mehr. Diese Frauen wären dann im Alter allein.

Das gab mir zu denken. Zumal ich auch daran zweifelte, dass Paul auf mich warten würde. Ich war ja mit meinen gerade mal 13 Jahren noch nicht heiratsfähig. Und sicherlich gab es sehr viele attraktive Frauen um die Zwanzig, die Paul ebenfalls verehrten und die im Gegensatz zu mir die Chance hatten, ihn kennenzulernen, die ihn vielleicht sogar schon kannten: ehemalige Schulbekanntschaften, Töchter aus dem Bekanntenkreis seiner Eltern, Mädchen, die in einem der Konzerte in der ersten Reihe gestanden hatten und ihm aufgefallen waren. Ich dagegen kannte ihn nicht. Zwar hatte ich gleich zu Anfang meiner Fankarriere einen Brief an die Beatles geschrieben (Dear Beatles, please come to Iserlohn. It is so boaring here, we all are waiting for you…), hatte dieses Schreiben jedoch niemals abgeschickt, da ich nicht wusste, wohin.

Und so kam es, dass ich zwar immer noch in hitzigen Diskussionen den Standpunkt vertrat, dass die Beatles die besten Musiker aller Zeiten seien und dass sie niemals vergessen würden. Wenn ein Arbeitskollege meiner Mutter, der wie sie in der Volksschule in der Waisenhausstraße unterrichtete, mit überlegenem Grinsen behauptete, dass im nächsten Jahr niemand mehr von den Beatles sprechen würde, zeigte ich, dass ich in der Schule in der Unterrichtsreihe „Den eigenen Standpunkt mit Argumenten und Beispielen untermauern und frei vortragen" gut aufgepasst hatte.

Wie das denn wohl käme, fragte ich mit strengem Blick, dass Millionen junger Menschen die Beatles so toll fänden, und zwar auf der ganzen Welt? Ob wir alle zugleich bekloppt geworden seien? Alte Menschen – der Arbeitskollege war immerhin schon an die Vierzig – wären eben musikmäßig festgelegt, wozu sie nichts könnten, aber das wäre nun mal so. Und selbst wenn die Beatles in der kommenden Woche bei einem Unfall zu Tode kämen, was hoffentlich nicht geschehen würde, dann würden wir diese außergewöhnliche Band bis an unser Lebensende nicht vergessen, und das wäre bei vielen von uns noch eine Zeit von ungefähr 65 bis 70 Jahren.

Mein Engagement für eine gemeinsame Zukunft mit Paul erlahmte jedoch nach und nach. Das änderte sich allerdings schlagartig am 25. April 1966. Die wundervolle Zeitschrift „Bravo" holte die Beatles nach Deutschland. Die Beatles würden in Deutschland auftreten, und – noch viel besser! – sogar in Essen, in der Grugahalle, in zwei Monaten, am 25. Juni 1966! Und es gab Karten für das Nachmittagskonzert! Ein Iserlohner Reisebüro bot sie für 50 Mark an, 20 Mark für die Eintrittskarte und 30 Mark für die Busfahrt.

Die Nachricht fegte wie ein Blitz sämtliche entstandenen Zweifel an möglichen Zukunftsplänen mit Paul hinweg; es folgte eine Phase glücklicher Aufregung und grenzenloser Vorfreude. Nach kurzem Zögern sahen meine Eltern ein, dass jeder Widerstand zwecklos war: Ein Verbot des Konzertbesuchs hätte langfristige schwerwiegende Störungen des Familienfriedens nach sich gezogen. Es wurden drei Karten gekauft, für meine Schwester und mich und für den höchst uninteressanten Sohn eines Kollegen meines Vaters. Erstaunlicherweise bot sich mein Vater auch an, uns nach Essen zu fahren, obwohl das doch gar nicht nötig gewesen wäre. Das tat meiner Begeisterung jedoch keinen Abbruch, unser Vater würde uns schließlich vor der Grugahalle absetzen, er würde gewiss nicht mit ins Konzert gehen. Außerdem war ich viel zu sehr mit Vorbereitungen für das Konzert beschäftigt, um über derlei Nebensächlichkeiten nachzudenken.

Ich wollte doch von Paul gesehen werden, also musste ich ihm ins Auge fallen. Zu diesem Zweck kaufte ich ein weißes T-Shirt und schwarze Plaka-Farbe. Dann wählte ich ein meiner Meinung nach besonders gut gelungenes Portrait von Paul und übertrug es in Vergrößerung auf das weiße Shirt. Mit dem Ergebnis war ich sehr zufrieden. Paul war gut zu erkennen, und ich würde aus der Menge hervorstechen: Außer mir würde niemand ein derartiges T-Shirt tragen.

Es gab jedoch ein Problem, das mir zu schaffen machte. Was war mir wichtiger: Sehen oder gesehen werden? Ich musste mich entscheiden. Wenn ich Paul sehen wollte, war ich meiner starken Kurzsichtigkeit wegen auf meine Brille angewiesen, eine Brille, die meine Chancen gewiss um mehr als 50% reduzieren würde. Falls Paul mich sah – und daran lag mir –, war es also besser keine Brille zu tragen. Andererseits brannte ich darauf, ihn nicht nur vermittelt über Zeitung und Fernsehen, sondern ganz unmittelbar sowohl hören als auch sehen zu können. Was sollte ich tun? Nach langem Hin und Her beschloss ich, die Brille für den Notfall mitzunehmen und spontan vor Ort zu entscheiden.

Endlich war es dann so weit. Der ersehnte 25. Juli brach an, mit strahlendem Sonnenschein. Ich war zwar etwas müde, da ich seit mehreren Tagen kaum geschlafen hatte, bestand jedoch energisch darauf, bereits am späten Vormittag aufzubrechen; ich kannte die Neigung meiner Eltern, immer auf die Minute genau zu bestimmten Ereignissen zu erscheinen. Gut, auf die Vorbands konnten wir alle verzichten. Wer wollte schon Cliff Bennett & the Rebel Rousers, the Rattles oder Peter & Gordon hören? Wer kannte die überhaupt? Wer kennt sie heute noch? Ich habe auf jeden Fall gar keine Erinnerung mehr an diese Künstler. Damals tröstete ich mich damit, dass wir durch diese Bands immerhin eine Art zeitlichen Puffer hätten.

Auf der Fahrt zum Konzert von Iserlohn nach Essen mutierte der Peugeot 404 meines Vaters zu einem Taxi, mit einer unsichtbaren Glasscheibe zwischen den beiden vorderen Sitzen und der Rückbank. Während mein Vater mit dem neben ihm sitzenden ca. 17jährigen Meinhard, dem Sohn eines befreundeten Ehepaares, bemerkenswert uninteressante Gespräche über Schulleistungen, berufliche Möglichkeiten und die Bedeutung der Bundeswehr führte, schwiegen meine Schwester Hanna und ich auf der Rückbank ausdauernd vor uns hin. Ich konnte ohnehin keinen klaren Gedanken fassen und hätte vor Aufregung keinen geraden Satz hervorgebracht, und meine 15jährige Schwester Hanna wollte unmissverständlich ihr persönliches Desinteresse an Meinhard zum Ausdruck bringen. Der sollte nicht denken, dass er Ihretwegen mitfahren dürfte.

Endlich angekommen, schärfte unser Vater uns sehr genau und mit zahlreichen Wiederholungen ein, wo wir uns nach dem Konzert wiedertreffen würden.

Und dann waren wir frei! Der Einlass funktionierte recht reibungslos. Nach ca. 20 Minuten Wartezeit hatten wir unsere Karten vorgezeigt, wurden jedoch zu meiner Enttäuschung zu sehr weit hinten liegenden Plätzen gewiesen, im hinteren Drittel der mit 8000 überwiegend jugendlichen Fans gefüllten Halle. Damit wollte ich mich nicht zufrieden geben. Mindestens 100 Meter trennten uns von der Bühne. Und während die Vorbands die Zeit bis zum Auftritt der Beatles mehr schlecht als recht überbrückten, sah ich, dass ca. 20 Meter vor mir ein Seitenplatz frei war. Ich informierte kurz meine Schwester, die wenig begeistert mit Meinhard zurückblieb, und lief zu dem freien Platz. Die dort sitzenden Jugendlichen wurden wohl von ihren Eltern begleitet und saßen sehr gesittet auf ihren Stühlen, was mich an den letzten gemeinsamen Besuch des Parktheaters mit der Klasse erinnerte und sogleich auch etwas abkühlte. Außerdem mussten Peter & Gordon noch überstanden werden.

Doch schließlich war es so weit: Die Beatles betraten die Bühne, und dann passierten mehrere Dinge gleichzeitig: Einer der Beatles – wer es war, konnte ich nicht erkennen – sprach etwas Unverständliches ins Mikrofon, ich begriff, dass selbst mit Adleraugen kein Mensch dort vorne auf der Bühne würde irgendwen in einer Sitzreihe ca. 80 Meter entfernt erkennen können, und setzte meine Brille auf. So gelang es mir immerhin, die kleinen Figuren auf der Bühne voneinander zu unterscheiden. Die fehlende räumliche Nähe wurde glücklicherweise mit „Rock and Roll Music" wettgemacht, und kurz darauf löste sich die gesittete Sitzordnung auf. Meine Sitznachbarinnen sprangen trotz der elterlichen Begleitung auf und begannen hysterisch zu kreischen, und auch ich kannte kein Halten mehr. Gemeinsam rasten wir so weit nach vorne wie möglich, nachdem wir die Anweisungen einiger völlig überforderter Ordner missachtet hatten, die sich vor unserer geballten Energie nur mühsam in Sicherheit bringen konnten.

Ich habe später gelesen, dass die Beatles nicht gut auf die Konzerte vorbereitet gewesen seien. Sie hätten die Texte nicht fehlerfrei beherrscht. Uns ist das gewiss nicht aufgefallen, da aufgrund der eigenen Lautstärke nur einzelne Textfetzen verständlich waren. Dass das Konzert nur elf Titel umfasste und damit nicht länger als eine halbe Stunde dauerte, fiel mir ebenfalls nicht auf, ich hatte jedes Zeitgefühl verloren.

Nach dem Konzert war ich etwas müde und sehr heiser, aber vor allem sehr glücklich. Die Rückfahrt verlief in entspannter Atmosphäre. Und ich hatte irgendwie verstanden, dass der Himmel mit den Sternen sehr weit oben ist.

Männliche Größe

Mitte der 60er Jahre pflegte unser Vater uns, zwei jungen Mädchen in der Pubertät, häufig Vorträge zu halten, in deren Zentrum die Frage stand, wie der Erzeuger unserer zukünftigen Kinder beschaffen sein sollte. Dabei verwies unser Vater nicht nur mit ernster Miene auf die Bedeutung der familiären Herkunft unserer zukünftigen Ehemänner, stellte nicht nur die Notwendigkeit psychischer Stabilität heraus – die sei genauso wichtig wie Bildung –, auch zu ganz simplen Dingen vertrat er eine klare Position: Männer dürften nicht zu groß sein – im Sinne von zu lang. Auf keinen Fall dürften sie größer als 1,80 Meter sein. Übergroße Männer litten im späteren Alter häufig unter Rückenproblemen, Gelenkschmerzen an den Beinen seien auch vermehrt anzutreffen. Wir als Ehefrauen müssten sie dann pflegen, was bei großgewachsenen Menschen kaum zu leisten sei und eine zusätzliche Hilfskraft erfordere, was wiederum viel Geld kosten würde. Im Allgemeinen schloss unser Vater diesen Teil seines Vortrags meistens damit ab, dass seine Körpergröße (1,72 Meter) eigentlich die optimale Größe sei.

Wir nahmen diese Belehrungen meistens schweigend zur Kenntnis, da vorgebrachte Zweifel an den väterlichen Grundsätzen üblicherweise mit der Bemerkung abgeschmettert wurden, dass wir vom wahren Leben nun wirklich gar keine Ahnung hätten. Außerdem wurden die Vorträge durch Zweifel oder – schlimmer noch – Widerspruch unsererseits nur unnötig in die Länge gezogen, und das galt es zu vermeiden.

Dass der mit 1,65 Meter eher kleine Ludger M. ins Zentrum meiner Anbetung geriet, lag allerdings nicht an den Grundsätzen meines Vaters, sondern an meiner Eitelkeit und daran, dass Ludger M. Mitglied einer örtlichen Rockband war.

Zu Musik- und Tanzveranstaltungen, die ich häufig heimlich besuchte, verließ ich das Haus nämlich normalerweise ohne Brille, da diese mich, wie ich fand, doch eher unattraktiv machte. Und so nahm ich – mit minus 5 und minus 7 Dioptrien – ohne optische Hilfsmittel die Umwelt, auch die männliche, überwiegend akustisch wahr und lauschte stets voller Hingabe, wenn der Angebetete auf der Bühne seine Gitarrenkünste zu Gehör brachte oder – noch stimmungsvoller – diese sogar mit Gesang begleitete. Wenn er „As tears go by" von den Stones intonierte, schmolz ich regelmäßig dahin. Auch vorsichtige Hinweise meiner Schwester, dass mein Schwarm möglicherweise kleiner sei als ich, konnten meine Begeisterung nicht dämpfen. Allerdings besuchte ich diese Konzerte danach immer mit flachen Schuhen.

Als Ludger M. mich dann in einer Spielpause der Band, die üblicherweise mit Musik vom Plattenspieler gefüllt wurde, zum ersten Mal aufforderte, stellte ich fest, dass ich bei gerader Körperhaltung ein wenig nach unten blicken musste, damit unsere Augen sich trafen, und ich erkannte, wie schwer es mir fiel, einen kleineren Mann anzuhimmeln. Ich überstand die Klammerbluesphase zu „A whiter shade of pale" mit leicht gebeugtem Rücken und eingeknickten Hüften und beschloss, mir noch flachere Schuhe zu kaufen.

Und obwohl ich Mitte der 60er Jahre die Studie von Boguslaw Pawlowski noch nicht kannte, ahnte ich: Ein mittelgroßes junges Mädchen und ein kleinerer junger Mann, das war nicht das, was ich mir vorgestellt hatte, selbst wenn der junge Mann schön singen und gut Gitarre spielen konnte.

Boguslaw Pawlowski würde im Jahr 2002/2003 als Ergebnis einer Studie der Universität Breslau mit 600 Männern und Frauen Folgendes herausfinden: Frauen und Männer wählen ihre Partner unbewusst danach aus, ob die Körpergröße des Gegenübers zur eigenen passt, um Kinder mit der perfekten Größe zu erzeugen. Diese Partnerwahl lässt sich nach Pawlowski durch eine Formel berechnen: Die Größe des Mannes, dividiert durch die Größe der Frau, soll im Idealfall 1,09 ergeben.

Mit meinen 1,69 Meter hätte ich mir – natürlich unbewusst – laut Pawlowski also einen Partner von gut 1,84 Meter suchen müssen.

Zurück ins Jahr 1966: Am Montag nach oben erwähntem Klammerblues durchstreifte ich die Iserlohner Fußgängerzone nach absatzfreiem Schuhwerk. Ein vergebliches Unterfangen, wie ich betrübt feststellen musste. Auch die teilnahmsvollen Verkäuferinnen, denen ich meine Notlage sehr anschaulich schilderte, konnten mir nicht weiterhelfen. Das von mir mitgebrachte Lineal maß auch bei den ganz flachen Schuhen eine Absatzhöhe von 2 cm. Von meinen Überlegungen, die auf das Entfernen der Absätze abzielten, rieten mir die Damen ganz dringend ab: Die Schuhe seien dann komplett ruiniert.

Also beschloss ich, mir selbst Schuhe anzufertigen. Als Sohle wählte ich einen Schuhkarton, als Obermaterial benötigte ich ein Stück roten Samt. Den Samt schnitt ich so zurecht, dass sich eine Art Ballerina-Schuh ergab, der um den Knöchel mit einer Schleife befestigt wurde, den Stoff befestigte ich mit einer gebogenen Nadel und einem reißfesten Faden am Schuhkarton, als „Absatz" klebte ich ein passend zugeschnittenes Stück Karton unter die Sohle. Die Schuhe sahen ganz nett aus, waren jedoch nicht praxistauglich: Bei der ersten Bewährungsprobe hatte ich auf dem Weg ins Jugendzentrum bereits nach 50 Metern den Absatz des linken Schuhs verloren. Auf diese Art konnte ich also dem Größenproblem nicht beikommen, und dass es für kleinere Herren unauffällige innenliegende Absätze gab, habe ich erst viel später von einem Bekannten erfahren, der mit einer ihn überragenden Frau verheiratet war.

Ich stellte jedoch fest, dass es außer komplett absatzlosem Schuhwerk neben einer leicht gebeugten Körperhaltung noch andere Möglichkeiten gab, um dem äußeren Eindruck entgegenzuwirken, einen kleineren Freund zu haben. Wenn man zum Beispiel gemeinsam an einem Tisch saß, war die Sachlage völlig entspannt. Auch beim gemeinsamen Spazierengehen gab es Möglichkeiten: Während Ludger den Bürgersteig nutzte, wählte ich die Straße, womit wir bestimmt 6 cm gewonnen hatten. Außerdem bewegte Ludger sich sehr dynamisch fort, fast hüpfend, so dass er in der Schwebephase bestimmt 5 bis 7 cm größer erschien.

Trotz allem: Unser Glück währte nicht allzu lang, was möglicherweise nicht nur an der Körpergröße lag, sondern an den unterschiedlichen Lebenssituationen. Als er jedoch beim Abschied in seiner Trauer seinen Kopf auf meine Schulter legte, war ich sehr befreit, den Fragen der Absätze, des Stehens oder Sitzens und ähnlichen Problemen den Rücken kehren zu können.

Musikunterricht

1968 war für junge Menschen das Leben ohne Musik nicht denkbar, auch nicht in einer kleinen Stadt wie Iserlohn. Der musikalische Geschmack prägte die sozialen Gruppierungen. Wer sich in Fragen der Rockmusik gut auskannte, bekleidete ganz selbstverständlich die oberen Ränge in der sozialen Hierarchie. Um die Aufmerksamkeit eines jungen, hübschen Mädchens zu gewinnen, sprachen junge Männer gerne sehr ausführlich über die Bands, die man höchstwahrscheinlich sehr bald in allen Jugendzentren und möglicherweise sogar auf der Alexanderhöhe hören würde, und erklärten mit fachkundiger Miene, wer dort aus welchen Gründen gerade welches Instrument spielte. Die Mitglieder dieser angesagten Bands waren unsere Helden, ihre Sänger die Könige, mit Freunden des deutschen Schlagers wurde nicht gesprochen.

Die Formel „musikalisches Talent" gleich „Ritter der Herzen" traf jedoch nicht immer zu. Der junge Mann, bei dem ich seit einigen Wochen einfache Griffe auf der Gitarre erlernte, war kein König, kein Held, noch nicht einmal Mitglied des einfachen Landadels, trotz seiner unbestreitbaren musikalischen Fähigkeiten.

Norbert Krause, genannt Nobbi oder Kräusel, war eher groß als klein, weder hasslich noch durch irgendwelche körperlichen Gebrechen gezeichnet und hatte seine vollen, gelockten, hellblonden Haare fast bis auf den Kragen wachsen lassen. Er trat öffentlich auf, in kirchlich gebundenen Jugendheimen oder Folk Clubs, und trug meistens selbstgetextete und -komponierte Lieder vor. Diese eigenen Kreationen begleitete er sehr melodiös auf der Gitarre. Trotzdem lag ihm das jugendliche weibliche Publikum in Iserlohn nicht zu Füßen. Ob es an seiner zurückhaltenden, introvertierten, verträumten Art, an seinem unauffälligen Kleidungsstil oder an einem kaum wahrnehmbaren Lispeln lag? Wie dem auch sei, er gehörte zu den wenigen jungen Männern, die mich im Haus meiner Eltern besuchen durften und die auch ich aufsuchen durfte, wenn seine Mutter zu Hause war.

Norbert widmete seine Kompositionen – seine Songs, wie er sie nannte – im Allgemeinen den Damen seiner Anbetung, für mich schrieb er die Songs 57 bis 76. Ich fühlte mich geschmeichelt, stand jedoch nicht in Flammen, zumal er mir diese Minnelieder als Krönung am Ende jeder Unterrichtsstunde zu Gehör brachte.

Vor diesen Situationen fürchtete ich mich, und letztlich mögen sie, neben einem Mangel an musikalischem Talent, dazu geführt haben, dass ich das Gitarrespielen nach einer Weile wieder aufgab.

Nicht die Texte dieser Darbietungen brachten mich in Verlegenheit, – häufig ungereimte Achtzeiler, in denen beispielsweise Himmelsschaukeln von goldenen Fackeln beleuchtet wurden. Auch gegen die weichen und harmonischen Akkorde auf der Gitarre hatte ich keine Einwände.

Nein, es war zum einen dieses Individuell-Besungen-Werden, das mich verunsicherte. Ich wusste ganz einfach nicht, wohin ich blicken und was ich mit meinen Händen machen sollte. Ich hatte zwar kein Problem damit, während eines Auftritts der Beatles eindeutige Texte („I want to hold your hand") auf mich zu beziehen und, sozusagen als Antwort, in aller Öffentlichkeit laut herumzukreischen, aber Lieder, die nur für mich komponiert worden waren, kamen mir einfach zu nahe: Ich fühlte mich bedrängt.

Zum anderen war es die Stimme des jungen Mannes: Sie erschien mir zu hoch, was ich als lächerlich empfand. Lachen durfte ich aber nicht, das hätte ich als sehr unhöflich, sogar als verletzend empfunden, und Norbert war nicht nur mein Gitarrenlehrer, sondern auch ein netter Junge.

Manchmal hatte ich Glück, der Song war erst halb fertig; der Text fehlte noch, und ich hatte nur einigen Akkorden zu lauschen und andächtig in Zimmer herumzublicken. Das ließ sich gut bewältigen.

Wenn Norbert jedoch mit leisem Stolz einen neuen Song ankündigte, was zumeist am Anfang der Unterrichtsstunde geschah, war ich häufig die ganze Stunde über nervös und unkonzentriert, machte viele Fehler und suchte krampfhaft nach irgendeinem Gegenstand im Zimmer, auf den ich mich während des gefürchteten Songs am Ende der Stunde konzentrieren könnte. In unserem Wohnzimmer, in denen die Gitarrenstunden häufig stattfanden, war das eine schlichte Holzfigur, ca. 60 cm hoch, die meine Mutter von einem befreundeten Bildhauer erworben hatte. Während Norbert seine neue Kreation mit leuchtenden Augen vortrug, konnte ich mit konzentrierter Miene die Figur genau studieren und mir Gedanken darüber machen, wie schwer es wohl gewesen sein mochte, dieses Objekt herzustellen.

Einmal jedoch stand die Figur nicht auf ihrem gewohnten Platz, was mir leider erst kurz vor dem Abschlusslied auffiel. Und während bereits die ersten Akkorde des Songs Nr. 73 mit dem Titel „Der schweigenden Morgenröte einsamer Hauch" erklangen und meine Augen eilig nach einem geeigneten Studienobjekt suchten, steckte plötzlich mein Vater seinen Kopf durch die wie immer leicht angelehnte Zimmertür, und bei den ersten zarten hohen Tönen der Jungmännerstimme schnitt er voller Schadenfreude eine Grimasse: Ernst zu bleiben war mir nicht mehr möglich. Glücklicherweise hatte ich einen Schuldigen, meinen Vater. Bei diesen Störungen könnte ich mich nicht konzentrieren, das müsse Norbert schon verstehen. Das Lied sei wirklich großartig.

Kein Wunder, dass wir alle weiteren Musikstunden ausschließlich in der elterlichen Wohnung meines jugendlichen Musiklehrers verbrachten. Schließlich sollte es während der Unterrichtsstunden keine Störungen geben. Mit unauffällig prüfenden Blicken sorgte Norberts Mutter ausdauernd und umfangreich für unser leibliches Wohl. Im Abstand von ca. 10 Minuten brachte sie Tee, Kuchen und Plätzchen in Norberts Zimmer. Im Anschluss mussten das benutzte Geschirr und Besteck auch wieder abgeholt werden, und zwar nach und nach, auch im Abstand von jeweils 10 Minuten. Sämtliche Beteuerungen unsererseits, dass wir doch alles nach der Stunde in die Küche bringen könnten, wollte sie nicht gelten lassen. Wir sollten uns mal ganz auf das Gitarrespielen konzentrieren. Was wir auch taten, allerdings mit mäßigem Erfolg.

Woran es gelegen hat, dass weder ein musikalischer noch ein persönlicher Funke übersprang? Ob es das Übermaß elterlicher Verhütungsbemühungen oder der Mangel an eigenem Interesse war, konnte ich schon damals nicht genau beurteilen.

Wunschkandidat 1

Der erste Wunschkandidat hieß Daniele Brunner und stammte aus Küssnacht in der Schweiz. Meine Schwester Hanna und ich lernten ihn auf einer Tanzveranstaltung in Erstdorf (Schweiz) kennen.

Unser Vater hatte für uns, damals 17 und 15 Jahre alt, den Chauffeur gespielt. Zuvor hatten unsere Eltern einige Tage unser Herumgemaule ertragen:

Dass in Unterschächen, wo wir schon seit Jahren unsere gemeinsamen Urlaubstage verbrachten und jeden Weg und Steg kennen würden, sämtliche Hunde des Universums begraben seien. Den Schuhplattler-Abend im Gasthof Krone hätten wir nicht nur als kräftezehrend, sondern auch als abstoßend empfunden. Unsere strammen Tänzer hätten uns bei den Drehungen doch sehr eng an sich gepresst, und dabei hätten sie gar nicht gesprochen, sondern nur schrecklich geschwitzt, was wir auch gerochen hätten. Für Mädchen in unserem Alter wären folkloristische Tänze und vor allem die dazu gehörige Musik im Ganzen nicht so interessant, sowas wär wohl eher etwas für Einheimische aus Bergdörfern, wir kämen aber aus der Stadt. Zuhause hätten wir richtig gute Musik, wir hätten Platten von den Beatles und den Stones, und danach könnte eigentlich jeder viel besser tanzen, nicht nur so blöd hopsen. Im Ganzen – die Formulierung benutzten wir gerne – sei es dort in Unterschächen für junge Mädchen, die fast erwachsen wären, schrecklich langweilig.

Unsere Mutter kannte als Lehrerin die schwarzen Wolken jugendlichen Unmuts zu Genüge und kommentierte derartige Lamenti unsererseits im Allgemeinen gänzlich unbeeindruckt mit einem knappen: „Langeweile ist gesund". Unser Vater jedoch zeigte sich dem emotionalen Dauerdruck seiner Töchter weniger gewachsen. Er hatte sich schließlich bereit erklärt, uns an diesem Tag hin- und herzukutschieren, für ihn immerhin zwei Stunden Fahrerei.

Der „Tanzabend" – mit dieser Bezeichnung war die Veranstaltung angekündigt

– schien sich zu lohnen; schon von weitem dröhnte uns aus dem riesigen Saal eines alten Hotels „Satisfaction" entgegen. Auch die dort versammelten Jugendlichen wirkten nicht hinterwäldlerisch; wir waren beruhigt und freuten uns auf einen schönen Abend. Die gute Stimmung meiner Schwester erlitt jedoch einen Dämpfer, als sie bemerkte, dass sie einen wertvollen Ring auf der Toilette hatte liegen lassen und dass ausgerechnet diese Toilette dauerbesetzt blieb.

Und hier kam Daniele Brunner ins Spiel, ein junger Mann von ca. 18 Jahren, groß, blond, höflich, beflissen, Brillenträger, keine optische Sensation, aber auch kein Quasimodo, für meine Schwester jedoch nicht allzu interessant. Sie hatte sich einmal von ihm auffordern lassen, danach aber Müdigkeit vorgetäuscht und ihm einen Korb gegeben.

Nach dem Verlust des Schmuckstücks aus dem Familienbesitz ging sie gerade mit besorgter Miene die möglichen Szenarien durch, die wohl zu Hause auf sie warten würden, als Daniele sich mit frischem Mut von neuem näherte und teilnahmsvoll fragte, ob sie Kummer habe. Nachdem sie ihre Notlage geschildert hatte, zeigte Daniele sich als Mann der Tat.

Mit energischen Schritten betrat er den Bereich der Damentoiletten – schon peinlich genug – und hämmerte dort mit geballter Faust vor die entsprechende Tür: Wir wären am liebsten im Erdboden versunken. Danach äußerte er sehr laut und bestimmend: „Hier ist der Daniele Brunner aus Küssnacht! Der Daniele Brunner aus Küssnacht ist hier! Sofort aufmachen!" Und als hätte er einen Zauberspruch ausgerufen: Es öffnete sich die Tür der Toilettenkabine, ein verlegen wirkendes Mädchen trat eiligst heraus, der Ring lag auf der Ablage neben der Spülung, und meine Schwester tanzte den ganzen Abend mit ihrem blonden Ritter, aus Dankbarkeit, versteht sich; tiefere Gefühle waren nicht im Spiel.

Mit höflicher Verabschiedung trennte man sich nach diesem Tanzabend. Meine Schwester hatte dem jungen Mann unmissverständlich klargemacht, dass wir unseren Vater keinesfalls vor dem Hotel warten lassen dürften, der könnte doch schnell mal sehr böse werden. Und damit war die Angelegenheit für uns erledigt. Nicht aber für Daniele.

Zwei Tage später erreichte uns ein Brief über Umwege. „Bäckerei Fernholz" war als Adresse vermerkt, „6461 Unterschächen", und dann folgte in Klammern: „An die beiden Demoiselles im Ferienhaus ‚Alpenblick' zu überbringen". Auf der Rückseite war der Absender vermerkt, mit Adresse und Telefonnummer.

Wir waren sprachlos: Als „Demoiselles" hatte uns noch niemand bezeichnet. „Blondes Gift" hatte ich mal in der Tanzstunde von der Dame an der Garderobe gehört, was ich im Stillen als Kompliment verbucht hatte, aber „Demoiselles"? Wir fühlten uns nicht richtig erkannt und waren somit eher amüsiert als geschmeichelt, zumal, wie bereits erwähnt, keine tieferen Gefühle im Spiel waren. Trotz allem öffneten wir den Brief mit gewisser Neugier, leider in Gegenwart unserer Eltern, denn an diese war der Brief von dem Vermieter unserer Ferienwohnung übergeben worden, mit vielsagendem Blick und mit der Bemerkung, wenn das **der** junge Herr Brunner wäre, der Sohn von dem Großunternehmer Brunner, der gerade wieder 500 Leute eingestellt hätte, ja dann ... .

Danieles Brief passte sowohl zu der Adressierung als auch zu seinem Verhalten: höflich, guterzogen, engagiert, auf die äußere Form bedacht. Schwierig und kaum lösbar jedoch die zu bewältigende Aufgabe: Er wollte uns, vor allem meine Schwester, beeindrucken, musste aber für unsere Eltern auch passend erscheinen, eine im Grunde unlösbare Aufgabe. Vielleicht hätte er eine Chance gehabt, wenn unsere Eltern ihn abgelehnt hätten, bestenfalls sein Auftreten gar als verrucht oder zu abenteuerlustig empfunden hätten. Aber nein, sie mochten ihn, seinen Brief, sein Auftreten und seine wohlhabende Herkunft.

Der mit Tinte geschriebene Brief vom 21. 04. 1968 richtete sich an „cher chou - chou" und „cher flou-flou", was bei uns beiden so Bezeichneten Heiterkeit auslöste. Ob hier grammatisch alles korrekt vor sich ging, interessierte uns weniger. Und dass „chou-chou" eigentlich „Kohl", hier jedoch „Liebling" bedeutet und „flou" das Vage, Verschwommene in Fotografie und Malerei bezeichnet, nahmen wir nicht zur Kenntnis. Aber obwohl wir noch nicht wussten, dass Französisch bis ins 19. Jahrhundert die Verkehrssprache der Eliten Europas war, spürten wir sogleich, dass der junge Verfasser unmissverständlich seinen gehobenen sozialen Stand betonte, und das zog bei uns nicht, ganz im Gegenteil. Deshalb waren wir weder von den Hinweisen auf seine ausgiebigen Auslandserfahrungen und auf seine dabei erworbene Menschenkenntnis noch von dem Zimmer mit Bad, das immer für uns bereitstünde, sonderlich beeindruckt.

Auch dass er uns als „reizende, fröhliche Blumenkinder" bezeichnete, fiel bei uns nicht auf fruchtbaren Boden, sondern löste nur überhebliches Grinsen aus. Was meinte er denn? Etwa Kinder, die anlässlich einer Hochzeitsfeier vor dem Brautpaar beim Auszug aus der Kirche Blumen streuen?

Oder wollte er uns als Hippies bezeichnen? Wie kam er darauf? Nur weil wir die Beatles und die Stones verehrten? Wir hatten keine Blumengirlanden um Kopf und Hals geschlungen und trugen auch das Peace-Zeichen nicht vor uns her. Von freier Lebensführung waren wir äußerst weit entfernt, wir lebten bei unseren Eltern und mussten regelmäßig zur ersten Stunde in der Schule erscheinen, also allerspätestens um 7:20 Uhr aufstehen. Somit hatten wir weder ständig gute Laune, noch verbreiteten wir überall nur Optimismus und bunte, naive Fröhlichkeit.

Sein erster selbstironischer Satz hatte uns jedoch milde gestimmt, da er sich hier in witziger Weise als „aufdringliche Bohnenstange" bezeichnete. Vor allem aber seine im Postskriptum angehängte Bemerkung beruhigte uns: Hier erklärte er, dass er sich unverzüglich zurückziehen würde, falls sein Verhalten als lästig empfunden würde. Im Grunde drohte also keine Gefahr, möglicherweise wäre sogar in unserem Ferienort, dieser ereignisfreien Zone, für etwas Abwechslung gesorgt. Deshalb hatten wir nichts dagegen, bei dem jungen Mann anzurufen und ihn einzuladen.

Das war natürlich ein Vorschlag unseres Vaters. Unser Vater sah zwar die Blüte der kultivierten Lebensart eher in England und nicht in Frankreich beheimatet; seine Vorträge über vorbildliches Verhalten gipfelten immer in detaillierten Schilderungen der Lebensweise vornehmer Engländer. Auch wollte er nicht abstreiten, dass der junge Verfasser des Briefes übertrieben hätte, vor allem mit seinen Weltreisen und seiner dabei erworbenen Menschenkenntnis.

Im Gegensatz zu uns „Desmoiselles" war unser Vater jedoch nicht nur „milde" gestimmt, sondern hoch erfreut über diesen Annäherungsversuch: endlich mal ein junger Mann aus gutem Hause, der wusste, was sich schickt, und den unsere Familie im Falle einer Eheschließung und einer möglichen späteren Ehescheidung nicht würde unterhalten müssen, falls es sich wirklich um **den** Daniele Brunner handelte. Das würde er aber sehr schnell herausfinden.

Unsere Mutter gab sich reservierter: Das Zimmer mit Bad, das jederzeit für uns Schwestern bereitstünde, wollte ihr nicht schmecken: Meinte der junge Mann etwa, wir hätten zuhause die Toilette auf halber Treppe und eine Zinkbadewanne im Keller, die wir einmal wöchentlich samstags nacheinander benutzen würden? Nur weil wir die einfache Ferienwohnung für 3,50 Franken pro Nacht und Nase gemietet hatten, die mit dem Holzofen in der Küche. Schließlich beruhigte meine Mutter sich jedoch wieder, zumal Daniele zu seinem Antrittsbesuch in Unterschächen mit einem Fiat 500 erschien. In diesem ersten Besuch konnte Daniele während eines gemeinsamen Spaziergangs eindeutig klären, dass er **der** Daniele Brunner sei und dass **der** Daniele Brunner nicht nur über eine gute Allgemeinbildung verfügte, sondern auch wüsste, wie man sich jungen Damen gegenüber benimmt.

Und damit stand dem gemeinsamen Abend, den Daniele mit meiner Schwester und mir in einem Tanzlokal in Flüelen verbringen wollte, nichts mehr im Wege.

Es wurde ein denkwürdiger Abend: Gegen 18:00 Uhr holte Daniele uns ab, begleitet von einem anderen jungen Mann namens Bertold, und versprach, uns gegen 22 Uhr wieder zurückzubringen, schon deshalb, weil ich noch keine 16 Jahre alt war.

Die Fahrt ins Tal entpuppte sich als echtes Abenteuer: Der Fiat 500 zeigte die Behändigkeit einer wilden Gams: Die engen Haarnadelkurven nahm er in fliegendem Galopp, was auf der Rückbank, wo wir Schwestern Platz genommen hatten, für angespanntes Schweigen und eine Verkrampfung der Muskulatur sorgte. Nach den schlimmsten Kehren entspannte sich die Lage etwas, und die jungen Männer begannen die Unterhaltung.

Daniele mit Blick zu meiner Schwester: „Da hab ich meinen Vater gefragt: ‚Sag mal, wann sind wir denn in Amerika?' ‚Sei ruhig und schwimm weiter.'"

Bertold mit Blick zu mir: „Was ist rot mit weiß gestreift? ... Tomate mit Hosenträgern." Und so ging es in einem fort. Die beiden jungen Männer verfügten über einen unerschöpflichen Vorrat an Witzen, und offensichtlich hielten sie das pausenlose Erzählen von Witzen für eine sowohl angemessene als auch gelungene Unterhaltung junger Mädchen. Wir beiden zum Zuhören Verdammten gaben uns alle Mühe. Wir lächelten höflich, ließen mal die ein oder andere Nebensächlichkeit fallen und hofften stumm auf ein Ende des Abends.

Das Tanzlokal in Flüelen erwies sich als Reinfall: Wer auf sich hielt, tauchte dort erst gegen 23 Uhr auf; wir waren gegen 19 Uhr die einzigen Gäste. Immerhin servierte man in dem angrenzenden Bistro himmlische Eisbecher; die Laune stieg, und kleinere Gespräche entwickelten sich. Wir drängten schließlich auf rechtzeitigen Aufbruch, damit man sich auf dem Heimweg nicht ganz so beeilen müsse, überstanden sowohl die Witze als auch die Kurven und erreichten die Ferienwohnung überpünktlich. Ein weiteres Ausgehen stand nicht zur Debatte, immerhin neigten sich die Ferientage ihrem Ende zu.

Daniele hat uns noch mehrfach in Iserlohn besucht, wo er auf einer Klappliege in dem Büro unseres Vaters nächtigte. Er benahm sich stets höflich und guterzogen und nahm es kommentarlos hin, dass meine Schwester leider recht wenig Zeit für ihn hatte.

Es gibt ein Foto von uns dreien: Wir sitzen auf einer Bank am Rupenteich in Iserlohn: ein schlaksiger junger Mann mit akkurat geschnittenem blonden Haarschopf und Sonnenbrille zwischen zwei jungen Mädchen, die mit etwas gequältem Lächeln in die Kamera blicken, unübersehbar gelangweilt.

Wunschkandidat 2

Der zweite Wunschkandidat war für mich bestimmt: ein freundlicher, hilfsbereiter Medizinstudent im 8. Semester, eher groß als klein, dunkelblond, gleichmäßige Gesichtszüge, unauffällige Freizeitkleidung, im Ganzen ein angenehmes Erscheinungsbild ohne besondere Merkmale. Vielleicht hätte etwas aus Konrad Kleinbichler und mir werden können, wenn wir uns unter anderen Umständen begegnet wären.

So aber hatten Konrad und ich keine Chance.

Wir, d.h. meine Eltern, meine damals neunjährige Schwester Liesbeth und ich, lernten Konrad am Ende eines Segelurlaubs am Ammersee kennen. Das Boot meines Vaters musste aus dem Wasser gezogen, auf den Trailer verladen und im Anschluss samt Plane korrekt darauf befestigt werden. Dass der weibliche Teil unserer Familie diesen Tätigkeiten nicht gewachsen war, erkannte Konrad mit einem Blick: Ungeduldiges Danebenstehen und sorgenvolle Blicke auf Boot, Trailer, Auto und die Armbanduhr würden nicht ausreichen. Also bot Konrad seine Hilfe an, und zu zweit hatten mein Vater und er die Angelegenheit in einer halben Stunde erledigt. Der Trailer – samt korrekt befestigtem Boot, rüttelfrei verstauten Segeln, Seilen und sonstigen Siebensachen unter der festgezurrten Plane – hing abholbereit an der Anhängerkupplung des väterlichen Fahrzeugs. Da zeigte sich, dass ein Rücklicht des Trailers defekt war, nicht ungefährlich in der allmählich einsetzenden Dämmerung. Das sei nun gar kein Problem, beeilte sich Konrad mitzuteilen. Er könne uns mit seinem Auto folgen und uns Geleitschutz geben, uns sozusagen heimleuchten.

Mein Vater war hocherfreut. Endlich mal ein ganz normaler, vernünftiger junger Mann, teilte er uns auf der Rückfahrt zu unserem Hotel in dem nahegelegenen Unterfinning mit. Und wir – damit meinte er meine Schwester Liesbeth und mich auf der Rückbank des Autos – sollten nicht die ganze Zeit nach hinten gucken und sofort mit unserem dämlichen Gekicher aufhören. Mit uns könnte man sich ja nirgends blicken lassen. Warum wir immer so albern sein müssten, wenn's wirklich mal wichtig wär?

Mir schwante Schreckliches, und ich sollte Recht behalten. Meine Eltern luden den jungen Mann zum Essen ein, als kleines Dankeschön für die sichere Heimfahrt. Er nahm dankend an. Und so fanden wir uns kurze Zeit später in der gediegenen Bauernstube des Hotels wieder, bei Schweinebraten, Rotkohl und Klößen.

Das Gespräch am Tisch kreiste um Konrads Studium, um sein erfolgreich bestandenes Physikum und um seine beruflichen Pläne. Ob denn sein Vater auch als Arzt tätig sei?

Nein, der arbeite als Ingenieur. Aber er, Konrad, habe schon immer gewusst, dass er anderen Menschen helfen wolle, deshalb habe er schon immer Arzt werden wollen, und bei seinem guten Abitur habe er auch sofort einen Studienplatz bekommen.

Erstaunlicherweise verzichtete mein Vater an dieser Stelle auf den Hinweis, dass er selbst eine Klasse übersprungen habe. Vielmehr wandte er sich der Frage zu, was Konrad denn wohl nach der Berufsausbildung geplant habe. Und als Konrad äußerte, dass er an eine Landarztpraxis dächte, in einem kleinen Ort irgendwo in der Nähe des Ammersees, da leuchteten die Augen meines Vaters.

Das sei nun wirklich eine gescheite Idee. Aber als Selbstständiger sei man finanziell in einer unsicheren Situation, als Anwalt mit eigener Praxis kenne er sich in der Hinsicht bestens aus, da benötige man die richtige Frau an der Seite, am besten jemanden mit einem sicheren Beruf, z. B. eine Lehrerin, wie meine Mutter, da sei die ganze Familie immer auf der sicheren Seite. „Ein Selbstständiger und eine Beamtin", resümierte mein Vater, „besser geht es nicht."

Ich bat um die Karte für den Nachtisch in der Hoffnung, dass das Thema damit abgeschlossen sei. Aber weit gefehlt: Was ich denn beruflich mal so vorhätte, wollte

Konrad nun von mir wissen. „Pilotin", verkündete ich knapp. Konrad staunte, mein Vater verdrehte die Augen:

„Pilotin? Du? Mit deinen schlechten Augen?"

„Na gut, Psychologin geht auch", gab ich nach, „oder auf die Kunstakademie."

Meine Eltern schwiegen. Offensichtlich behagte ihnen die Wendung des Gesprächs nicht, möglicherweise wollten sie dem zukünftigen Landarzt auch eine innerfamiliäre Diskussion ersparen.

Ich ließ mich jedoch nicht beirren: „Meine Eltern möchten, dass ich Lehrerin werde, und zwar Volksschullehrerin, wie meine Mutter", klärte ich den jungen Mann auf. „Aber dazu habe ich keine Lust. In meiner Klasse wollen nämlich nur die mit den schlechten Noten auf die PH, diejenigen, die im Unterricht am liebsten die ganze Zeit stricken würden, und dazu gehöre ich nicht. Ich werde mit meinem Notendurchschnitt wahrscheinlich alles Mögliche studieren können. Warum soll ich da auf die PH gehen?"

„Jura sollte es aber auch nicht unbedingt sein", gab mein Vater zu bedenken, „auch wenn du das Studium gut schaffen würdest. Eine Frau wird als Anwältin vor Gericht nicht ernst genommen, da kenne ich mich aus. Und wenn da überhaupt mal eine Frau als Anwältin auftaucht, sind das so Mannweiber." Dabei verzog er angeekelt das Gesicht.

Ich schwieg. Zum einen kannte ich keine Anwältinnen, zum anderen kam dieser Beruf nicht für mich in Frage. Ich hätte womöglich in die Kanzlei meines Vaters einsteigen müssen, und das wollte ich vermeiden.

„Wer möchte Nachtisch?", wollte meine Mutter das Thema wieder auf andere Bereiche lenken. Aber vergeblich, mein Vater war nicht zu bremsen.

„Diätköchin", legte er nach, wobei er tief in sich hineinzublicken schien, „Diätköchin, das ist auch ein schöner Beruf für eine Frau. Sie verdient Geld und kann sehr viel für die Gesundheit ihrer Familie tun." Da ich nicht antwortete, wandte er sich wieder Konrad zu, der höflich nickte.

Ich blieb stumm. Die diesbezüglichen vergeblichen Versuche meiner Eltern kamen mir in den Sinn: der Kochkurs mit elf Jahren – ich landete immer beim Kartoffelschälen –, der Besuch bei einer großvolumigen Verwandten meiner Mutter, einer Diätköchin, deren Leibesfülle mich abgeschreckt hatte, zu einer Zeit, als Twiggys knabenhafte Formen durch die Köpfe junger Mädchen geisterten, zwar für mich unerreichbar, aber doch ein Ansporn für unzählige erbarmungslose Hungerkuren.

Insgesamt hielt ich Kochen für überflüssig. Warum sollte man die Nahrungsaufnahme, die ja doch nur dick machte, durch zeitraubende Vorbereitungen unnötig in die Länge ziehen? Zumal Brötchen mit Käse und Erdbeeren mit Sahne ohnehin am leckersten schmeckten.

Inzwischen war der Nachtisch serviert worden: Schokopudding mit untergehobenem Eischnee, wahlweise mit Vanillesauce oder mit Sahne abzurunden.

Nachdem wir alle unsere Schälchen sorgfältig geleert hatten, verkündete meine Mutter mit freundlichem, bedeutungsvollem Lächeln: „Wir ziehen uns jetzt zurück."

„Aber Mama, es ist doch erst zehn Uhr. Ich will noch nicht ins Bett. Es sind doch schließlich immer noch Ferien", begehrte meine Schwester Liesbeth auf.

„Nein, wir haben morgen eine lange Fahrt vor uns. Außerdem wollen wir die jungen Leute jetzt auch mal alleine lassen."

Ich hätte im Boden versinken können, tröstete mich aber damit, dass so doch für ganz nette Gesellschaft gesorgt war. In diesem Kaff gab es für junge Leute nämlich wirklich nichts, einfach gar nichts, noch nicht mal einen Kiosk, vor dem man hätte herumstehen können.

Und so brachen wir zu einem Spaziergang auf, einem sehr langen Spaziergang durch Feld und Wald. Was dort im Einzelnen besprochen wurde, weiß ich nicht mehr, nur, dass Körperkontakt beiderseits vermieden wurde, bei der Vorgeschichte kein Wunder. Aber an den zarten Wink Konrads, dass ein Mediziner genau wüsste, wie er eine Frau zum Orgasmus bringen könnte, erinnere ich mich noch genau und an mein leichtes Unbehagen, mit dem ich diesen Hinweis unkommentiert vorbeistreichen ließ.

Davon abgesehen haben wir uns gut unterhalten. Gegen zwei Uhr morgens erreichten wir wieder die Dorfstraße, wo wir auf meine Mutter trafen, die uns mit umgehängter Jacke und fliegenden Haaren entgegenlief.

Wenn sie später davon erzählte, betonte sie stets, dass wir zwar sehr spät, aber in angemessenem Abstand über die Dorfstraße gegangen seien, damals, an jenem Tag im August 1969.

Bildung für Mädchen

In den 60er Jahren besuchten „höhere Töchter" in Iserlohn das „Neusprachliche Mädchengymnasium und Gymnasium für Frauenbildung", das sich bis zum Jahre 1975 ausschließlich auf die Bildung junger Mädchen konzentrierte, während die bildungshungrigen Söhne Iserlohns im „Märkischen Gymnasium" unter sich waren. Beide Schulen lagen räumlich recht nahe beieinander. Keine 300 Meter Luftlinie trennten das „Neusprachliche Mädchengymnasium", das seit 1966 in dem neuen Gebäude an der Stennerstraße 5 untergebracht war, von dem „Märkischen Gymnasium", das damals seinen Sitz zwischen Baarstraße und Gerichtsstraße hatte, inzwischen ersetzt durch einen Zustellstützpunkt der Deutschen Post. Trotz dieser räumlichen Nähe gab es keine bemerkenswerten schulischen Gemeinschaftsveranstaltungen.

Um diesem Defizit entgegenzuwirken, wählten meine Schwester und ich als Schulweg gerne den minimalen Umweg über die Gerichtsstraße und die Stefanstraße, der uns am „Märkischen Gymnasium" vorbeiführte. Damit war uns die Aufmerksamkeit der jungen Herren von der Untertertia (8. Klasse) aufwärts gewiss. Diese kommentierten den jeweiligen visuellen Eindruck relativ undifferenziert mit Pfiffen und mehr oder weniger rhythmischem Klatschen und Klopfen. Auf stimmlichen Einsatz verzichteten die jungen Kommentatoren ganz bewusst, schließlich wollten sie nicht von der gestrengen Lehrerschaft an der Stimme erkannt und wegen unflätigen Verhaltens zum Toilettenschrubben eingeteilt werden.

Unsere gestalterischen Möglichkeiten im Hinblick auf unser Äußeres waren jedoch beschränkt: Auf dem Mädchengymnasium waren Hosen als Bekleidung nicht vorgesehen, Röcke hatten eine gewisse Mindestlänge nicht zu unterschreiten, das Knie durfte sichtbar sein, mehr aber nicht. Sämtliche Schminkexzesse wie das Ankleben falscher Wimpern und ähnliches standen angesichts des frühen Schulbeginns um 8 Uhr nicht zur Debatte.

Das Kollegium bestand aus Frauen und Männern. Es gab zum einen „Herren"; damit waren verheiratete, verwitwete und geschiedene Lehrer ebenso gemeint wie Junggesellen. Des Weiteren unterrichteten „Frauen", also verheiratete, verwitwete oder geschiedene Lehrerinnen, und außerdem gab es noch „Fräulein". Mit dieser Bezeichnung waren unverheiratete Lehrerinnen jeden Alters anzusprechen. Wenn uns der Fehler unterlief, eine unverheiratete, unserer Meinung nach uralte Frau – sie mag vielleicht um die fünfundfünfzig gewesen sein – mit Frau Müller anzusprechen, aus Unkenntnis ihres Familienstandes, trafen uns empörte Blicke dieser Dame, und es setzte mindestens eine spitze Bemerkung über mangelnde Kinderstube, wenn nicht gar einen Anruf bei unseren Eltern mit anschließendem längerem Vortrag unseres Vaters über das Verhalten vornehmer Engländer einerseits und über dienstmädchenhaftes, unflätiges Betragen andererseits.

Diese „Fräulein" rangierten für mich in der schulischen Hierarchie der Lehrerschaft auf den unteren Plätzen.

Was wusste ich schon vom sogenannten „Lehrerinnenzölibat" aus dem Jahr 1880, das von den Frauen verlangte, sich entweder für den Beruf oder für die Familie zu entscheiden? Dieses Gesetz war zwar offiziell 1919 mit der Unterzeichnung der Weimarer Verfassung außer Kraft gesetzt worden, wirkte jedoch noch bis in die 1950er Jahre hinein und wurde erst 1951 in der Bundesrepublik endgültig abgeschafft. Bis zu diesem Zeitpunkt wurde eine Lehrerin, die den Sprung in die Ehe wagte, sogleich entlassen und verlor sämtliche Pensionsansprüche.

Im Jahr 1965 hatten fünfzig- bis sechzigjährige Lehrerinnen irgendwann zwischen 1930 und 1950 ihre Ausbildung abgeschlossen und ihre berufliche Laufbahn begonnen, stets begleitet von dem Wissen, dass eine Ehe für sie nicht in Frage käme.

All das war mir nicht bekannt, und so blickte ich mit einem Gemisch aus Mitleid und Verachtung auf die „Fräulein" in unserer Lehrerschaft herab:

Sie hatten nun mal keinen abgekriegt, vermutete ich, und dafür musste es einen Grund geben. Wahrscheinlich waren sie schon immer recht hässlich gewesen. Bestimmt waren sie neidisch auf uns junge Mädchen, weil sie selbst doch so vertrocknete alte Schachteln waren. Vor ihnen mussten wir uns hüten.

„Schneewittchen" hatte auch bei mir seine Spuren hinterlassen.

Über Fräulein Schmidt kursierten jedoch andere Gerüchte: Ihr Verlobter, die Liebe ihres Lebens, sei im Krieg „gefallen", und für sie habe es eben immer nur „den Einen" gegeben. Dieses romantische Ideal, dass es nur eine große Liebe im Leben gäbe, gefiel mir. Ja, so sollte es sein: Treue bis über den Tod hinaus! Andererseits hatte ich meine Zweifel: Das ganze Leben über alleine zu bleiben, ohne Familie, welch eine traurige Vorstellung!

Fräulein Schmidt unterrichtete uns in Mathematik und Latein. An ihre blaugrau karierten wadenlangen Faltenröcke und ihre blauen oder grauen Rollkragenpullover, an die schlichten Schnürschuhe mit den Blockabsätzen hatten wir uns längst gewöhnt. Ebenso an den strengen, immer gleich geformten hohen Haarknoten, die eckige Brille und an die stets wiederkehrende Geste, mit der sie ihre Brille mit dem Zeigefinger ihrer rechten Hand ganz fest auf die Wurzel ihrer geraden, wohlgeformten Nase drückte, wenn wir mit ihr mathematische Lösungswege erarbeiten sollten. Dabei blickte sie uns fast beschwörend an, was zwar augenblicklich zum Verstummen jeglicher Nachbarschaftsflüstereien und sogar zu angestrengten Mienen führte, aber die gewünschten Ergebnisse doch nur bei den Einser- und Zweierkandidatinnen hervorzaubern konnte.

Immerhin brachte Fräulein Schmidt uns grundlegende pädagogische Finessen bei. So bestrafte sie unsere gesamte Klasse, eine Quarta (7. Klasse), einmal damit, dass sie uns schlichtweg die Hausaufgaben verweigerte. Fünf von uns 25 Nasen hätten die Hausaufgaben so gut wie nie, fünf hätten sie immer nur zur Hälfte, fünf hätten sie abgeschrieben, fünf hätten sie falsch, und die restlichen fünf hätten Hausaufgaben eigentlich nicht nötig. Warum also Hausaufgaben?

Fräulein Schmidt brachte diese Überlegungen mit weit aufgerissenen Augen, wiederholtem eindrucksvollem Schulterzucken und uns zugewandten, abwehrend erhobenen Handflächen vor. Danach verkündete sie mit ebenso eindrucksvoll abgeklärter Miene, dass der einzige Lösungsweg hier das Verweigern jeglicher Hausaufgaben von ihrer Seite sei. Wir würden dann schon sehen. Und so geschah es: In der nächsten Mathearbeit hatten sich fast alle um eine Note verschlechtert.

Somit kam es, wie es kommen sollte: Die Klassensprecherin und ihre Vertreterin meldeten sich in der folgenden Stunde und baten um Gehör. Aber nein, Fräulein Schmidt hatte keine Zeit, denn wir hätten jetzt doch so viel nachzuholen. Da müssten die beiden schon noch etwas warten. Sie sollten ihr Anliegen bitte schriftlich vorbringen. Das würden sie schon schaffen. Klassensprecherinnen wären doch häufig die mit der Eins im Diktat. Wenn die beiden ihr Anliegen vernünftig formuliert hätten, wäre sie eventuell bereit, den Brief in der kommenden Woche anzunehmen. Vielleicht hätten wir dann ja auch bereits die schlimmsten Lücken aufgearbeitet.

In der folgenden Woche durfte die Klassensprecherin, die mittlerweile den zuvor mit Hilfe ihrer Mutter verfassten Brief auswendig gelernt hatte, nach vorne kommen und ihr Anliegen mit wohlgesetzten Worten vortragen. Wir, die Klasse 7, wüssten, dass wir uns in der Vergangenheit häufig schlecht benommen hätten. Wir wären wahrscheinlich die schlimmste Klasse der Schule. Aber wir hätten aus unseren Fehlern gelernt und würden sie, Fräulein Schmidt, nun ganz inständig bitten, uns wieder Hausaufgaben zu erteilen. Das würde sich die ganze Klasse von Herzen wünschen. Dabei nickten wir alle, wie zuvor in der Pause besprochen, mit demütig bittenden Mienen.

Fräulein Schmidt ließ sich nach wohldosierten fünf Minuten erweichen, und fortan gab es im Fach Mathematik wieder Hausaufgaben. Und wir bemühten uns etwas mehr, sowohl beim Anfertigen der Aufgaben als auch beim Abschreiben.

Nicht alle Konflikte endeten so harmonisch: In der Untersekunda (10. Klasse) geriet ich mit Fräulein Schmidt über den Begriff „Heldentat" aneinander. Ich hatte den Begriff zuvor leichtfertig gebraucht: Dass die Schule inzwischen weiches Toilettenpapier angeschafft hätte, könne man getrost als echte Heldentat feiern. Daraufhin traf mich ein scharfer Blick des Fräuleins. Den Begriff „Heldentat" solle so eine wie ich besser gar nicht in den Mund nehmen. So ein Pippimädchen hätte von Heldentaten keine Ahnung.

Nachdem ich mich zunächst sehr klein gefühlt und danach ausgiebig über die Bezeichnung „Pippimädchen" geärgert hatte, kam ich ins Grübeln.

Fräulein Schmidt hatte sich wohl auf den Zweiten Weltkrieg bezogen. Hatte ihr Verlobter dort möglicherweise bei einer

Heldentat den Tod gefunden? Aber in welchem Zusammenhang konnte irgendwer im Krieg von Heldentaten sprechen? War der Kriegsheld nicht der starke Kämpfer, der ohne Angst um sein eigenes Leben viele „Feinde" erschossen, erschlagen, erstochen oder sonst wie zu Tode gebracht hatte? Völlig Unbekannte, Angehörige einer anderen Nation, deren Familien dann keinen Vater mehr hatten. Hatten nicht viele Helden mit ihren Bomben auch die Zivilbevölkerung getroffen? Ich dachte an die im Deutschunterricht zuletzt besprochene Kurzgeschichte „Nachts schlafen die Ratten doch" von Wolfgang Borchert, in der ein kleiner Junge vor den Trümmern eines zerstörten Hauses wacht, unter denen sein Bruder begraben liegt.

Heldentaten im Krieg? Ging das überhaupt? Von welchen Heldentaten hatte Fräulein Schmidt eine Ahnung und ich nicht?

Als ich Fräulein Schmidt in der nächsten Stunde danach fragte, traf mich ein ungläubiger Blick, gepaart mit dem knappen Hinweis: „Wachs erst mal, aber mindestens noch 20 cm, und dann sehen wir weiter."

Eva von Kleist, geboren 1952 in Iserlohn und aufgewachsen in städtischem Ambiente, fühlte sich seit Kindesbeinen zum Landleben hingezogen. Inzwischen lebt sie mit Mann und Maus (5 Hühner, 2 Pferde, 1 Katze) auf einem Resthof in Welver.

Nach ihrem Studium in Münster unterrichtete sie von 1980 bis 2017 die Fächer Deutsch, Literatur und Sozialwissenschaften.

Eva von Kleist schreibt Kurzgeschichten und Erzählungen. 2019 schloss sie sich den BördeAutoren an und gestaltet seitdem auch das Soester Magazin „Füllhorn" mit.

Von der Autorin ist bisher erschienen:

Lebenslagen. Kurzgeschichten und Erzählungen. BoD, Norderstedt, 2020.
ISBN: 9783752625882.

In Zusammenarbeit mit Milla Dümichen:

Spätlese & Eiswein. 1. Teil. Ein E-Mail-Roman. BoD, Norderstedt, 2020.
ISBN: 9783752625785.
Spätlese & Eiswein 2. 2. Teil. Ein E-Mail-Roman. BoD, Norderstedt, 2020.
ISBN: 9783752620351.

Leseproben:

LEBENSLAGEN
Eva von Kleist

Besuch von Frau Z.

Eines Abends klingelte es an meiner Tür. Meine Besucherin stellte sich als Frau Z. vor. „Z wie Zauber?", fragte ich. „Nein, nein", dabei hob sie abwehrend die Hände, „Z wie Zeit. Und Sie sind Herr F wie Fenster?" „Aber ich bitte Sie, das ist mein Nachbar. Ich bin Herr F wie Frei." „Aha", meinte sie und glitt mit prüfendem Blick an mir vorbei in die Wohnung. „Suchen Sie etwas?", keuchte ich hinter ihr her, kaum in der Lage, ihrem Tempo zu folgen. „Besitzen Sie Totschläger oder anderes, was mir gefährlich werden könnte?" Dabei musterte sie – kritisch? – ich konnte es nicht genau sehen – meine Spielesammlung, neben der sich zahlreiche Rätsel- und Sudoku-Hefte stapelten, seit meiner Pensionierung treue Begleiter an langen Winterabenden. „Gott bewahre, was soll ich denn damit?", wehrte ich ab.

„Nun, gut", meinte Frau Z. mit undurchdringlicher Miene. „Möchten Sie mich nicht auf eine Tasse Tee einladen?" „Selbstverständlich! Wie ungeschickt von mir", stammelte ich verlegen, und während ich die Tassen auf den Tisch stellte und den Wasserkocher betätigte, stellte ich fest, dass alles an der Dame kostbar war: der Schimmer ihrer wie von zarter Brise sich kräuselnden Locken, der tiefe Blick ihrer Augen, die unablässig die Farbe zu ändern schienen, die Nase mit den etwas asymmetrisch geformten bebenden Flügeln, die beweglichen Lippen, die sehr gesund wirkende weiße, ebenmäßige Zähne sehen ließen, die Kleidung aus feinstem Stoff, keiner Mode unterworfen, und ich fragte mich, womit ich ihren Besuch verdient hatte. Geplagt von derlei Unsicherheit gelang es mir nicht, ein zartes Band leichter und doch geistreicher Unterhaltung zwischen uns zu knüpfen, schwerfällig, beinahe hölzern reihten sich die Sätze wie zähe Knüppel hintereinander, so dass mein Gegenüber mit zunehmend missmutiger Miene fragte: „Wollen Sie mich vertreiben?" „Gott bewahre", wiederholte ich mich, „aber können Sie nicht mal einen Moment stillsitzen? Sie machen mich ganz nervös mit Ihrer permanenten Rumzappelei." „Das wollen Sie nicht wirklich", hauchte die Dame und verschwand, und bis heute weiß ich nicht, ob ich das alles nur geträumt habe.

SPÄTLESE & EISWEIN
Ein E-Mail-Roman, 1. Teil

Milla Dümichen & Eva von Kleist

28.08.2018

Liebe Gabi,

wie versprochen melde ich mich aus Norddeutschland. Du weißt, ich habe es mir mit dem Umzug hierhin nicht leicht gemacht. Aber meine Tochter, die Enkelkinder und nicht zuletzt die Seeluft haben mich umgestimmt. Nun lebe ich schon seit zwei Monaten in einem kleinen Kurort in der Nähe von Friedrichstadt in Nordfriesland. Erinnerst du dich an meine Skepsis, mit 65 ins Rentnerparadies umzuziehen? Die Fünfzigjährigen zählen hier zu den jungen Einwohnern. Aber weißt du was? Ich bin zufrieden. Ach was, *zufrieden*, klingt irgendwie wie *nicht ganz glücklich*. Aber so ist es nicht. Denn in diesen zwei Monaten ist schon so viel Wunderbares passiert, dass ich es dir unbedingt erzählen muss.

Stell dir vor: Ich habe einen ganz tollen Mann kennengelernt! Und das mit 65! Das erste Mal seit zwanzig Jahren! Deine unbändige Lis wagt den Sprung in ein Liebesabenteuer.

Er heißt Bernd, ist mit seinen 72 Jahren lebenslustig und voller Energie. Noch vor drei Monaten konnte ich mir nicht vorstellen, dass ich in meinem Alter noch begehrt werden könnte, mit meinem gealterten Körper, den grauen Strähnen im dünneren Haar und den inzwischen doch sichtbaren Falten am Hals und im Gesicht. Du kennst mich schon seit dreißig Jahren und weißt: Ich lasse mir keine Verschönerungen unterjubeln, auch von den fachkompetenten Kolleginnen nicht, die mein Kosmetikstudio übernommen haben. Ich war bisher froh, aus dem Alter heraus zu sein, wo die Leidenschaft uns umtreibt und uns manche Dummheiten begehen lässt.

Und jetzt ist Bernd da und mein Leben gerät aus den Fugen. Wir haben uns beim Lampionfest in Friedrichstadt kennengelernt. Er war gerade nicht auf Teneriffa, wo er die Hälfte des Jahres beim Sonnenbaden verbringt. Wir sahen uns, und aus dem Nichts ist ein Funke zwischen uns übergesprungen. Und jetzt sind wir fast unzertrennlich. Er geht mit mir zu Sommerfesten und zu Weinverkostungen, zu Konzerten und zum Schwimmen. Der Badeanzug, den ich mit dir in Münster gekauft habe, wird zweimal wöchentlich benutzt, vielleicht auch bald im Süden, denn Bernd schmiedet schon Pläne, mit mir nach Teneriffa zu verreisen. Es ist wunderbar, wie gut es mit uns funktioniert. Wir gehen zweimal in der Woche tanzen. Gut, dass ich meine Tanzschuhe nicht in den Altkleidercontainer geworfen habe.

Im Tanzlokal habe ich viele Menschen kennengelernt, Paare, aber auch alleinstehende Frauen.

Und stell dir vor, Gabi, von diesen Frauen ernte ich reichlich Spott. Sie lästern hinter meinem Rücken und nennen es sogar „eine Schande, sich in dem Alter einen Liebhaber zuzulegen".

Das kränkt mich!

Ach Gabi, du sollst nicht denken, dass ich mich bei dir beklagen möchte. Es ist nur so, dass ich meine Einstellung von früher, *Liebe im Alter ist etwas Anstößiges, was verschwiegen und verborgen gehört*, abgelegt habe. Meine Liebe zu Bernd ist völlig legitim, und es gibt nichts, wofür ich mich schämen sollte. Was meinst du dazu, Gabi? Du warst doch immer die Besonnene von uns beiden, die mit dem kühlen Kopf.

Übrigens, meine Tochter und die Enkelkinder finden meine Beziehung zu Bernd ganz in Ordnung.

Deine Lis
PS: Du fehlst mir!

30.08.2018

Liebe Lis,

ich freue mich, dass es dir so gut geht, muss dir aber gleich sagen, dass ich dich nicht beneide. Ich bin mit meinen 72 total zufrieden mit meinem Single-Dasein: Ich bin fit, ungebunden und vor allem bin ich selbständig: Ich plane meine eigenen Reisen, ohne fragen zu müssen, ob das Reiseziel gefällt; ich lerne auf Sommerfesten, Konzerten und Weinverkostungen viele interessante Menschen kennen, ohne mir später anhören zu müssen, dass ich mich schon wieder in den Vordergrund gespielt hätte; zuhause kann ich meine (Un)Ordnung halten, wie es mir beliebt. Kurzum: Ich muss mich nicht anpassen und auf niemanden Rücksicht nehmen. Herrlich!

Angst vor Einsamkeit habe ich nicht.

Bei meinen vielen Interessen, die ich mit anderen teile, bin ich eher froh, wenn ich hin und wieder still und möglicherweise geistlos vor mich hindümpeln kann. Wenn ich mich aber mit Bekannten treffe, dann bin ich immer voll dabei, sozusagen auf 120, und nicht im reduzierten „Hasi-Mausi-Sofa-Abhänge-Modus", der außer Bequemlichkeit und zusätzlichen Pfunden nichts bringt.

Ja - und dann gibt es da noch etwas: Die Mutter eines Freundes, damals mit 70 bereits Witwe, hat auf meine Frage nach einer neuen Partnerschaft etwas angeekelt geäußert: „Nee, da bin ich fies vor", was ich damals gar nicht verstanden habe, heute aber umso besser nachvollziehen kann. Denn, so leid es mir tut, liebe Lis: Alte Männer stinken! Vielleicht nicht, wenn sie ausgiebig gebadet haben, aber dieser schöne Zustand hält höchstens eine halbe Stunde an. Alte Frauen riechen wahrscheinlich auch nicht besonders gut, aber an den eigenen Geruch ist man glücklicherweise seit Jahrzehnten gewöhnt. Hinzu kommen die Haare, die bei alten Männern an allen möglichen und unmöglichen Stellen sprießen: aus den Ohren, aus der Nase, an den Zehen und gewiss auf dem Rücken, von anderen Stellen ganz zu schweigen! Nein danke!

Es braucht schon einen gewaltigen Hormonstoß, um das alles auszublenden. Er sei dir gegönnt!

Du freust dich, dass du trotz deines Alters begehrt wirst. Lis, sei mir nicht böse, diese Haltung orientiert sich an dem Ideal der Jugend, dem jungen Körper als Ziel des Verlangens. Da mein junger Körper sich schon seit Jahrzehnten von mir verabschiedet hat und ich mein Geld nicht zu diversen Schönheitschirurgen tragen möchte, bin ich froh, derlei Bestätigungen nicht mehr nachjagen zu müssen, nach dem Motto „letzter Versuch". Welch eine Entlastung und Befreiung, als Frau weder einen Mann beeindrucken zu wollen noch mit anderen Frauen konkurrieren zu müssen!

Liebe Lis, ich wünsche dir, dass deine Hormone noch lange mit dir Tango tanzen und dass du nicht eines Tages aufwachst, neben einem alten, nicht gut riechenden Menschen, der sehr laut schnarcht, seine Socken unstrukturiert im Zimmer verteilt hat und der all das nicht damit wettmachen kann, dass er schon seit 45 Jahren mit dir zusammenlebt.

Ich hoffe, du verzeihst mir die klaren Worte.

In alter Freundschaft
deine Gabi

Lightning Source UK Ltd.
Milton Keynes UK
UKHW010640020821
388172UK00002B/435